DIDIER DECOIN

Le lac de la louve

ILLUSTRATIONS DE MARIE-MARTHE COLLIN

HACHETTE

DANS LA MÊME COLLECTION

Série « Le Clan du Chien bleu »

Didier Decoin

La ville aux ours
Le lac de la louve
Pour dix petits pandas

Série « Basile et Antonin »

Jean-François Ménard

Le violon noir
Les Croisés du Septième Dieu

Série « Les Six compagnons »

Paul-Jacques Bonzon

Les Six compagnons au concours hippique
Les Six compagnons et la clef-minute
Les Six compagnons et la brigade volante
Les Six compagnons et les piroguiers
Les Six compagnons et le village englouti

Série « Alice »

Caroline Quine

Alice et le carnet vert
Alice et la soucoupe volante
Alice et les magiciens
Alice et les trois clefs
Alice et le symbole grec

79, boulevard Saint-Germain, 75006 Paris.

A un petit loup appelé Édouard

Le Clan du Chien bleu

Il se compose essentiellement **des trois enfants** de Marc et Odile Carpenter, un couple de géologues qui se déplacent pour leur travail à travers le monde entier. Tous sont bilingues, grâce à une grand-mère américaine.

Les enfants s'appellent :

Patrick, l'aîné. Un garçon blond de quatorze ans. Le chef du Clan et, en principe, le « sage » de l'équipe.

Ellen, sa sœur. Elle a douze ans, des yeux très bleus, de longs cheveux blonds. C'est une fille de son époque, qui a du charme et de la décision : elle en use selon les circonstances.

Djû a dix ans. Le benjamin est un petit Cambodgien adopté par les Carpenter. Sa spécialité : il comprend le langage des animaux.

Le Clan du Chien bleu, c'est encore :

Bethsabée, une jeune chienne boxer, indocile, folâtre et… irrésistible ! Elle fait partie de la famille.
Le surnom de **Chien bleu** lui a été donné le jour où elle est tombée, en Tunisie, dans une cuve de teinturier.

Le Clan s'augmente passagèrement, à chaque nouvelle aventure, de quelques amis, rencontrés dans les divers pays où l'entraînent les voyages des parents.

Son but : venir partout à l'aide d'un ou de plusieurs animaux dont l'existence est menacée.

AVERTISSEMENT

Des loups dans les Pyrénées?

J'avoue n'en avoir jamais rencontré...

Mais peut-être ai-je mal cherché?

Car le fait est que les loups, comme les ours et comme des petits félins de la famille du lynx, ont autrefois abondé dans ces massifs.

Aujourd'hui encore, pour peu que le randonneur soit pris dans la tourmente et vienne frapper à la porte d'une cabane de berger, on lui racontera de terribles histoires de loups.

Des histoires d'à présent, avec des loups de maintenant.

Alors, s'il n'est pas rigoureusement fondé sur des données authentiques, ce récit est possible.

Ce qui est vrai de toute façon, vrai et indiscutable, c'est que les Pyrénées sont belles à rêver et que les loups, que j'ai eu l'occasion de « fréquenter » ailleurs, en Amérique du Nord, ne méritent pas de servir à effrayer les enfants...

D.D.

I

« **D**'après toi, balbutia Ellen en se serrant contre son frère Patrick, qu'est-ce que c'est?

– Je n'en sais rien du tout! » fit Patrick.

Djû non plus n'en menait pas large. D'une voix inquiète le petit garçon chuchota :

« C'est plutôt paniquant! »

Enfoncés jusqu'au menton dans leurs sacs de couchage, les trois jeunes campeurs ne quittaient pas des yeux la gigantesque silhouette que la lune projetait sur la toile de leur tente comme sur un écran.

Une seule chose était sûre, cette ombre effrayante était celle d'un animal : une bête à quatre pattes, aux oreilles courtes, triangulaires, pointues, avec une grande queue touffue.

On aurait pu penser qu'il s'agissait d'un chien – mais l'ombre entrouvrait parfois sa gueule et l'on distinguait alors ses mâchoires plantées de dents incroyablement longues et acérées. Des dents qui ressemblaient plus à des crocs de tigre qu'à des canines de dogue.

Mais sauf peut-être aux temps préhistoriques, nul n'avait jamais vu le moindre tigre dans les Pyrénées...

Pendant d'interminables minutes, la silhouette rôda autour de la tente, s'arrêtant parfois pour gratter le sol caillouteux un peu à la manière des taureaux.

Le plus impressionnant était que cette bête se déplaçait avec une souplesse feutrée, dans un silence presque irréel. Comme si elle cherchait à prendre par surprise les occupants du fragile abri dressé dans la solitude de la montagne à plus de deux mille mètres d'altitude. On n'entendait que le mugissement sourd du vent rebroussant les chardons bleus, les génépis, quelques lis courageux aux corolles d'un jaune-vert acide, et le clapotis lancinant des eaux glaciales du lac tout proche.

L'atmosphère était si étrange, si déroutante, que l'aîné, Patrick, se demanda malgré ses quatorze ans s'il n'était pas en train de vivre un de ces mauvais rêves qui vous assaillent quand on dort pour la première fois dans un endroit inconnu.

Un grondement rauque de Bethsabée, la chienne boxer qui accompagnait les enfants Carpenter partout où ils allaient, le rappela à la réalité.

Bethsabée avait émergé du sac de couchage de Djû, le benjamin, le plus menu des Carpenter. C'est dans son duvert que la chienne, pas folle! se trouvait à l'aise. Aplatie sur le tapis de sol, les babines retroussées, elle était prête à bondir.

Djû étendit un bras, glissa la main sous le collier de cuir de la chienne pour l'apaiser et pour la retenir. En même temps, il récapitulait dans sa tête ce qu'il avait lu, la veille, sur la faune des Pyrénées. On trouvait par ici des marmottes, des sortes de chamois qu'on appelait des isards, des vautours, des chats sauvages – quelques ours aussi, d'après les bergers.

Mais l'ombre qui se profilait sur la toile de la tente n'appartenait à aucune de ces espèces.

Au fond de lui, grâce à cet instinct infaillible qu'il avait dès qu'il s'agissait d'un animal, Djû croyait savoir ce qu'était cette silhouette sombre dans la nuit... Il se retenait pourtant de prononcer son nom : Ellen se serait mise à hurler de frayeur et de répulsion, ce qui n'aurait rien arrangé! Mieux valait attendre que la bête consente à s'éloigner. Alors, on allumerait les lampes à gaz, et on parlerait tranquillement de ce mystère en se réconfortant avec un peu de cacao fumant.

Du regard, Patrick chercha Djû :

« Tiens bien Bethsabée, surtout! Pas de bagarre : cette « chose », au-dehors, a l'air d'avoir des dents terribles qui... »

Il n'eut pas le temps d'achever sa recommandation.

D'un puissant coup de reins, Bethsabée s'arrache à la poigne de Djû. Elle bondit sur l'ombre! La gueule ouverte, jetant un aboiement rauque et furieux, elle plante ses crocs dans la toile.

Il y a un bruit affreux de tissu déchiré : croyant tenir l'ennemi, la chienne secoue la tente de toute la force de ses puissantes mâchoires.

« Non! crie Patrick qui devine ce qui va arriver. Pas ça, Bethsabée! Non! »

Sous le traitement auquel la chienne la soumet, la tente se disloque. Ses câbles et ses tendeurs cassent net. Ses piquets s'arrachent du sol.

N'étant plus maintenue, la tente se retrousse comme un parapluie retourné par le vent...

Elle flotte un court instant au sommet de son mât central, giflant les enfants à grands coups de pans humides. Puis elle retombe sur eux, les étouffant, les aveuglant, les emberlificotant dans ses plis.

Comme s'il n'attendait que ça pour montrer que lui aussi est un joyeux drille, le mât central cède et s'abat à son tour...

Alors, de la jolie tente qui, quelques minutes auparavant, se dressait fièrement sur les bords d'un petit lac de haute montagne, il ne reste plus qu'une sorte de méduse rougeâtre, agitée de soubresauts furieux. S'en échappe un concert de cris de rage et d'aboiements vexés.

« Qu'est-ce que c'est que ce truc mouillé et chaud que je touche? demande Djû.

– C'est ma bouche, idiot! proteste Ellen.

– Je veux sortir de là-dessous! » tempête Patrick.

Il n'est déjà pas toujours facile de s'extraire d'une tente en parfait état de marche. Mais sortir d'un méli-mélo de tendeurs, de piquets, de toile, est un véritable exploit.

Surtout quand le vent des cimes souffle en

rafales et s'amuse comme un fou à emmêler les choses au fur et à mesure qu'on essaie de les débrouiller.

Surtout quand on se trouve prisonnier en compagnie d'une chienne ravie qu'il se passe enfin quelque chose d'amusant. Et que cette chienne choisit de vous aider en vous débarbouillant copieusement la figure, en vous mordillant allégrement les mains, en se tortillant dans tous les sens.

Il faut quand même reconnaître que Bethsabée fut la première à faire surface.

Une réussite qui la rendit très fière. Elle la célébra en s'ébrouant avec des glapissements, en piétinant joyeusement ses jeunes maîtres toujours captifs de la tente écroulée.

« Que quelqu'un dise à cette stupide chienne de se tirer de là! gronda Patrick. Elle marche sur mon estomac.

– Elle est maintenant sur mon ventre, se plaignit Ellen.

– J'ai une de ses pattes dans mon oreille gauche! cria Djû. Et avec les griffes! »

Dans un effort surhumain, poussant et tirant, donnant des bourrades dans tout ce qui se mettait en travers de son chemin, Patrick parvint enfin à jaillir hors du paquet de toile.

Il avala une longue goulée d'air pur puis, comme un plongeur, s'enfonça à nouveau sous les ruines de la tente pour secourir son frère et sa sœur.

Assise sur son derrière, la tête légèrement penchée sur le côté, Bethsabée considérait la situation avec un immense intérêt : ces vacances sous la tente promettaient d'être assez distrayantes...

Elle fut presque déçue lorsque les campeurs à bout de souffle finirent par s'échapper du ventre de la tente-méduse.

« Et l'ombre? demanda tout de suite Ellen. Où est passée l'ombre?

– Plus d'ombre! » constata Djû après avoir jeté un regard circulaire.

C'était vrai : les bords du lac étaient redevenus aussi solitaires et tranquilles que la veille au soir, lorsque les trois Carpenter s'étaient faufilés dans leurs sacs de couchage.

Seul le vent continuait à souffler, promenant de cirque en crête, de col en vallée, les effluves des jeunes fleurs et des plantes riches de sève nouvelle. Tapis sur une pierre plate, lisse, bleutée, un petit crapaud flûtait dans la nuit en faisant cligner ses yeux d'or.

Les braises du feu de camp s'éteignaient doucement, parfois ravivées par une rafale de vent glissant au ras des herbes drues.

« Est-ce que tu n'as pas dit que c'était un pays ennuyeux où rien ne pouvait nous arriver? » questionna hypocritement la blonde Ellen en fixant son frère Patrick droit dans les yeux.

*
**

Les enfants avaient éprouvé une déception quand leurs parents avaient annoncé que, cette fois, la *Mondial Petroleum* les envoyait effectuer des sondages géologiques en France.

D'habitude, la société de recherches minières et pétrolières qui les employait expédiait Marc et Odile Carpenter à l'autre bout du monde, dans des endroits perdus, fascinants, riches en aventures. Patrick, Ellen et Djû suivaient le mouvement.

Sans oublier l'inévitable Bethsabée.

Leur dernière destination avait été la terre tourmentée et sauvage du Labrador, où ils avaient affronté des ours polaires, des tempêtes, des chasseurs sans scrupules[1].

Par comparaison, les Pyrénées leur donnaient l'impression de n'être qu'une sorte de banlieue, un parc de loisirs pour touristes bien sages.

« Attendez d'y être! avait dit Marc Carpenter. C'est un pays superbe, beaucoup plus étonnant que vous ne l'imaginez.

– Et pour une fois, avait ajouté Odile, je ne serai pas folle d'inquiétude à votre sujet. Là-bas, au moins, il n'y a pas de bêtes fauves. Mais on y trouve des fleurs ravissantes. »

Le trio avait posé sur la mère un regard apitoyé : des fleurs! Et quoi donc encore? Peut-être aussi que les arbres, au lieu de faire des feuilles, produisaient du nougat? Et qu'il pleuvait de la réglisse? Et que chaque pierre était fourrée de chocolat aux amandes?

1. Voir *La Ville aux ours*, dans la même collection.

C'est alors que Djû, malgré ses dix ans, avait eu la grande idée :

« Un coin tranquille, sans danger... Est-ce qu'on peut emporter une tente et camper? Juste nous trois, avec Bethsabée? »

Ellen avait aussitôt tiré le signal d'alarme :

« Une seconde, les garçons! Je n'ai pas l'intention de passer mes vacances à vous faire des omelettes, la vaisselle et le ménage. Si on campe, tout le monde met la main à la pâte. »

Un accord solennel avait été signé sur une feuille de papier quadrillé dont Djû avait légèrement brûlé les contours pour que ça ait l'air d'un vrai parchemin.

Les parents étant d'accord, la famille se rendit le jour même dans un magasin spécialisé pour choisir une tente à trois places. Ellen la voulait bleue, pour aller avec la couleur de ses yeux. Un détail important pour une fille de douze ans! Mais Patrick fit valoir que le rouge est plus facilement repérable en montagne.

Il suggéra :

« On va explorer un coin à peu près aussi sauvage et désert que l'autoroute du vendredi soir. Bon!... Mais on ne sait jamais! il peut y avoir une tempête de neige, une avalanche...

– Ben voyons! se moqua Djû. On peut aussi être attaqués par des marmottes. Cernés par des coccinelles. Assaillis par des escargots géants... »

Pendant qu'ils discutaient de la couleur de leur future tente, Bethsabée s'intéressait à d'autres articles exposés dans le magasin. En quelques secondes, elle avait réussi à s'empêtrer dans un stock de hamacs, à crever avec ses griffes trois ou quatre matelas pneumatiques et elle avait manqué s'étouffer en avalant une balle de golf!

Pour finir, elle avait percuté violemment l'étalage des accessoires « Voile et yachting » et s'était retrouvée affublée d'un masque de plongée, tandis qu'une somptueuse casquette façon amiral restait accrochée à son petit bout de queue...

*
**

Deux semaines plus tard, accompagnés de Bethsabée, Patrick, Ellen et Djû parcouraient sac au dos les rives de l'étang Soubiran, dans le massif du Carlit, à une heure de marche du camp principal où leurs parents cherchaient des traces de minerai radioactif pour le compte de la *Mondial Petroleum.*

Ils se laissaient séduire par la beauté farouche des montagnes qui les entouraient, par la pureté de l'air, le merveilleux silence – et aussi par l'abondance des poissons qui frétillaient dans les eaux transparentes des torrents.

Djû, surtout. Originaire du Cambodge, il avait passé sa petite enfance dans le décor grandiose des montagnes du Sud-Est asiatique avant d'être adopté par les Carpenter, et il ressentait plus encore la majesté paisible et la limpidité du paysage pyrénéen.

A défaut de vivre une nouvelle et palpitante aventure, les arrivants comptaient bien passer là quinze jours à jouer aux Robinsons.

Et puis, juste comme ils allaient s'endormir au chaud dans leurs duvets en faisant des projets d'exploration pour le lendemain, ils avaient aperçu la silhouette effrayante qui se profilait...

Une quinzaine de minutes auraient dû suffire à remonter la tente.

Grâce à Bethsabée qui voulut absolument participer à l'opération, et qui s'amusait à cacher et à enterrer les piquets comme s'il s'agissait d'os à moelle, il fallut au moins une heure pour tout réparer.

Il était donc plus de minuit quand les jeunes campeurs purent réintégrer leur abri.

Ellen s'endormit très vite. Mais Patrick et Djû gardaient les yeux rivés sur les légers murs de toile, s'attendant à tout instant à voir réapparaître la bête fantastique.

Finalement, Djû se glissa hors de son duvet.

« Où vas-tu? chuchota Patrick.

– Ranimer le feu.

– Pour faire cuire quelque chose? Tu as faim? »

Djû désigna Ellen assoupie, et qui avait posé sa tête sur le flanc de Bethsabée comme sur un oreiller :

« J'ai quelque chose à te dire, mais pas devant elle. »

Intrigué, Patrick se faufila hors de la tente à la suite de son jeune frère.

« Eh bien, Djû?

– L'ombre qu'on a vue, dit lentement le petit Cambodgien en s'accroupissant près du feu et en soufflant sur les braises, tu as une idée de ce que c'était?

– Et toi?

– Moi, oui... C'était un loup! »

Patrick haussa les épaules:

« Sauf dans les zoos, il n'y a plus de loups en France.

– C'était quand même un loup», dit Djû d'un ton buté.

Il se retourna vers Patrick en ajoutant :

« Un loup solitaire... Une bête dangereuse, prête à n'importe quoi pour se procurer de la nourriture. »

Patrick esquissa un sourire. Il sentait Djû troublé, angoissé peut-être. Lui, l'aîné, il devait le rassurer, prendre les choses avec décontraction :

« Et ça mange quoi, ces bestioles? Des enfants? plaisanta-t-il.

– Tu as tort de rigoler», reprocha Djû.

Patrick s'assit près du benjamin, lui entoura les épaules d'un bras qu'il voulait protecteur :

« Tu joues à te faire peur, ou quoi? »

A cet instant, un nuage passa devant la lune et l'obscurité dévora les abords du Soubiran. Soudainement, les crêtes rocheuses se détachaient en noir d'encre sur un ciel glauque et laiteux. Chaque anfractuosité des murailles de pierre semblait habitée, hantée par une menace.

Malgré lui, Patrick se sentit mal à l'aise. Mais il voulut lutter contre cette impression :

« Un loup! s'exclama-t-il en se relevant. Ajoute un peu de brouillard, quelques hurlements sinistres dans la nuit, et tu auras un petit chef-d'œuvre de film d'horreur! »

Djû ne répondit pas.

Il se contenta de désigner l'extrémité du lac d'où, précisément, commençaient de sourdre des volutes de brume livide.

Au même moment, à quelques centaines de

mètres du camp des Carpenter, une bête invisible jeta un long cri.

Patrick ne put s'empêcher de penser que ce cri-là ressemblait, en effet, à celui d'un loup...

Il n'avait jamais eu l'occasion d'entendre réellement hurler un loup. Mais il s'était toujours imaginé que le cri du loup, c'était *cela*.

Oui, très exactement *cela* : un glapissement à la fois rauque et plaintif, à vous faire dresser les cheveux sur la tête.

Il poussa Djû vers l'intérieur de la tente :

« Pas un mot à Ellen. Et si jamais ce... enfin, si cette « bête » revient, on plie bagages, on lui laisse la place », conclut Patrick avec fermeté.

II

« Est-ce que quelqu'un a vu la boîte de flocons d'avoine? demanda Ellen d'un ton exaspéré en fouillant parmi les cartons où étaient empilées leurs provisions. Hier soir, je suis sûre qu'elle était là, avec les spaghetti.

– C'est moi qui l'ai prise, dit Djû en entrant sous la tente. Excuse-moi, ma vieille, j'en avais besoin. »

Il y avait deux choses qui mettaient Ellen absolument hors d'elle : que Djû l'appelle « ma vieille », et qu'il pioche dans les réserves de friandises pour les distribuer à des animaux.

« A qui as-tu bradé nos flocons d'avoine? interrogea-t-elle en secouant son jeune frère. Aux marmottes, c'est ça? Je te signale que, jusqu'à présent, les marmottes ont très bien vécu sans flocons d'avoine. Moi, en revanche, j'adore ça! »

Djû promena sous le nez d'Ellen une casserole

remplie d'une mixture abominable – une véritable colle! Et il expliqua :

« Il me fallait quelque chose pour faire une pâte. En laissant cuire tes flocons longtemps et en les mélangeant avec du fromage râpé, c'est idéal! »

Ellen considéra avec un dégoût non dissimulé le mélange visqueux qui s'attachait aux parois de la casserole. Si c'était *ça* que les garçons appelaient faire la cuisine, elle préférait encore trimer comme une esclave pendant toutes les vacances.

« Tu prétends nous faire avaler cette saleté, Djû? Même cette grosse goinfre de Bethsabée n'en voudrait pas!

– Pas du tout! la rassura le petit garçon. Cette pâte-là, c'est pour relever des empreintes. »

Djû précisa, tourné vers Patrick :

« Les empreintes de la bête. Quand on descendra au ravitaillement, on portera les moulages au pharmacien. Ça connaît tout, les pharmaciens : les tisanes, les champignons, les serpents... »

La pharmacie de la Vallée était une boutique minuscule, encombrée de bocaux où, dans du formol, flottaient des racines et des crapauds. Ça ressemblait davantage à l'antre d'un sorcier qu'à une officine moderne.

Le pharmacien, lui aussi, semblait sorti tout droit d'un vieux conte de fée. C'était une espèce de géant, grognon et velu comme un ours. Des touffes de poil gris et dru sortaient en bataille de ses oreilles et de ses narines. Il avait des yeux enfoncés, ronds et rouges. Ses dents du haut étaient pointues comme celles des vampires.

Mais il avait une voix étrangement douce, une voix de grand-mère occupée à chantonner en touillant ses confitures.

Il plia en deux son interminable carcasse, bouscula un ou deux bocaux, disposa les moulages sous une lampe et les examina en silence pendant un long moment.

« Où avez-vous relevé ces empreintes, les petiots? fit-il enfin.

– Près de l'étang Soubiran, monsieur.

– Les traces étaient très anciennes?

– Plutôt fraîches, oui! s'exclama Patrick. La bête qui les a laissées a tourné pendant près de dix minutes autour de notre tente.

– Et vous l'avez vue, cette bête?

– Juste son ombre, monsieur. »

Le pharmacien marmonna quelque chose d'incompréhensible. Il mit les moulages dans un sac de papier brun :

« Faut que je donne ça à Apesteguy.

– Qui est Apesteguy? demanda poliment Ellen.

– Le brigadier de gendarmerie, ma petite poule. »

Ellen se détourna, horrifiée – elle ne croyait pas avoir une tête, non vraiment, à être appelée « ma petite poule »!

Pharmaciens ou pas, les géants étaient décidément des créatures infréquentables.

L'homme ouvrit un tiroir, y plongea la main, en retira une poignée de pastilles au miel qu'il se lança dans le fond de la gorge. Il renversait son énorme tête en arrière comme un phoque qui attend qu'on lui jette un poisson.

Il avala, puis interrogea :

« Qu'est-ce que vous fabriquez dans la montagne? Vous êtes des scouts ou quelque chose comme ça? Quoi qu'il en soit, je vous conseille de redescendre vite fait. Là-haut, vous allez vous attirer des ennuis. Moi qui vous parle, j'ai... »

Il s'interrompit net : un client venait de franchir le seuil de la pharmacie, mettant en branle un carillon aigrelet.

Au contraire du pharmacien, le nouveau venu était un personnage minuscule, étriqué, chafouin. S'il n'avait eu un chapeau, un gilet, des souliers et des lunettes, on aurait pu le prendre pour un insecte.

Il s'approcha du comptoir en bois, s'y accouda comme sur un zinc de bistrot :

« Ça a recommencé... »

D'un geste, le pharmacien lui montra les enfants. L'homme-insecte balaya l'objection :

« Quelle importance? Bientôt, tout le monde saura.

– Tout le monde saura quoi, monsieur? » fit Djû.

Le bonhomme posa sur Djû d'étranges yeux gris :

« Cette nuit, le sang a coulé dans la montagne. Deux moutons égorgés, une vache cruellement mordue à l'échine : *ils* sont revenus!

– Qui ça, *ils*?

– Les tueurs... Les loups...

– Ne l'écoutez pas! » conseilla le pharmacien d'un ton embarrassé.

L'homme-insecte se mit à rire, en se secouant comme un pantin :

« Bah! Qu'ils m'écoutent ou pas, ça ne changera rien à l'affaire! Bientôt, comme je l'ai toujours prédit, les tueurs descendront de la montagne. Ils envahiront la vallée. »

Le pharmacien plissa davantage ses lourdes paupières hérissées d'une invraisemblable broussaille de cils et de sourcils. Il contourna son comptoir, prit le petit homme par le bras et l'entraîna jusqu'à la porte.

L'ayant mis dehors sans ménagement, il revint vers les enfants :

« Autrefois, expliqua-t-il de son étrange voix sirupeuse, il était berger. Un sacré bon berger, allez! qui n'a jamais laissé s'égarer une seule de ses bêtes. Jusqu'au jour où il en a perdu douze. Douze d'un coup! Dont on n'a jamais rien retrouvé.

– Elles sont tombées dans un précipice? suggéra Patrick.

– Non, dit le pharmacien. C'est une bande de loups qui les a dévorées. On suppose que le berger a lutté toute la nuit contre les fauves. Et que c'est ça qui l'a rendu un peu fou. Depuis, c'est comme une obsession, il voit des loups partout. »

Ellen était devenue très pâle :

« Des loups? Il n'y a pas de loups dans les Pyrénées... »

Le pharmacien s'accorda une nouvelle poignée de pastilles au miel. Il sourit à Ellen :

« C'est ce qu'on dit, ma petite poule. Pourtant, une bête est venue vous renifler pas plus tard que cette nuit, hein? Une bête qui a laissé de drôles d'empreintes... »

*
**

Les bras chargés de cageots de fruits et de cartons de lait, les Carpenter avaient regagné leur campement sur les bords du Soubiran.

Le soleil n'arrivait pas à percer. Il flottait là-haut derrière des nuées grises, pâle et flou comme une photo ratée.

Ellen regarda ses frères qui rangeaient les provisions sous la tente.

« Ce soir, dit-elle, il est trop tard. Mais demain, on va retrouver les parents. Moi, en tout cas... Je ne suis pas plus froussarde qu'une autre, mais il y a une chose qui me flanque la trouille – je n'y peux rien!

– Les loups, hein?

– Les loups, oui. »

Elle s'assit sur un rocher, se mit à jouer nerveusement avec une brindille.

Jamais, elle n'avait supporté les histoires où apparaissaient des loups. Elle qui n'était impressionnée ni par les ogres ni par les dragons, ni par les fantômes qui se promenaient à minuit en traînant des chaînes et en poussant des gémissements. Les loups, c'était au-dessus de ses forces. Elle ne s'expliquait pas pourquoi.

Djû haussa les épaules. Il connaissait cette répulsion d'Ellen pour les loups, et elle l'agaçait : à l'âge où sa sœur adoptive tremblait et se cachait sous ses couvertures quand on lui lisait *Le Petit Chaperon rouge*, Djû avait vu ses oncles se battre avec des pieux de bois contre des fauves autrement réels, autrement redoutables.

D'un coup d'œil, le jeune Cambodgien embrassa le cirque rocheux qui s'enfonçait peu à peu dans la brume opaque :

« Si jamais il y a un loup par ici, dit-il, ça doit être une pauvre bête affamée, qui n'a rien d'autre à se mettre sous le dent qu'un oiseau mort ou une marmotte malade, une fois par semaine. Je suis sûr qu'il donnerait la patte, qu'il te lécherait la main si tu lui offrais un sucre! »

Mais Ellen conservait un air buté :

« Raconte ce que tu veux, Djû, je ferai ce que j'ai dit. »

Elle se releva, courut jusqu'à Patrick et se suspendit à son cou :

« Pat, excuse-moi d'être si bête et de gâcher vos vacances, à Djû et à toi. Je sais très bien que ce loup ne va pas me dévorer, et que de toute façon Bethsabée est là pour nous défendre. Mais à l'idée qu'un animal pareil rôde dans les parages, je sens que je vais devenir folle... »

Patrick savait à quel point sa sœur pouvait se montrer courageuse. Elle l'avait d'ailleurs prouvé plus d'une fois. Il devina qu'elle était en proie à un dégoût profond, insurmontable, plus qu'à une terreur. Aussi n'essaya-t-il pas de la raisonner.

Il la serra contre lui, et approuva gentiment :

« O.K., Ellen! Je mets le réveil à six heures du matin. Un bol de café bien fort, une avalanche de tartines, puis hop! on plie la tente. En attendant, on va dormir. Et sans cauchemars. »

***

Il était peut-être une heure du matin quand un bruit de cailloux dévalant les pentes réveilla Bethsabée.

Sans quitter le duvet de Djû où elle s'était confortablement blottie, la chienne se mit à grogner.

A son tour, Ellen ouvrit les yeux.

Sa première pensée fut que le loup s'approchait

à nouveau de la tente, comme la nuit précédente. Elle sentit aussitôt une sueur glacée lui couler dans le dos.

« Pat, fit-elle à voix basse, ça recommence... »

Patrick, dont le sac de couchage touchait celui d'Ellen, étendit un bras rassurant, enlaça les épaules de sa sœur :

« Je suis là, j'ai entendu. Mais c'est peut-être simplement le vent. Ou un isard.

– Non, souffla Ellen, c'est le loup. Je t'en supplie, fais quelque chose... »

Patrick fit jouer la fermeture à glissière de son duvet, s'en extirpa et tâtonna dans l'obscurité à la recherche d'une lampe-torche.

Bethsabée grondait toujours.

Brusquement, des faisceaux de lumière trouèrent la toile de tente et une voix rude interrogea :

« Y a quelqu'un, ici ? »

D'un coup, Bethsabée jaillit comme une panthère du duvet de Djû, jetant des aboiements furibonds.

Patrick éclata de rire :

« Cette nuit, on dirait bien que le loup a deux pattes ! »

Il écarta la portière de la tente.

Cinq hommes se tenaient debout, près du feu de camp qui achevait de se consumer.

Ils étaient vêtus de pantalons de gros velours et de vestes de toile, chaussés de souliers de montagne, la poitrine bardée de cordes d'escalade après lesquelles sonnaillaient des crampons.

Patrick n'eut que le temps de se jeter sur Bethsabée, de l'aplatir au sol comme un ballon de rugby :

« Djû, cria-t-il, occupe-toi de la chienne, on a de la visite. »

Il repoussa Bethsabée à l'intérieur de la tente où Djû la récupéra, s'avança vers les cinq hommes immobiles.

« Des randonneurs », pensa Patrick.

Il s'apprêtait déjà à leur proposer un bol de café chaud et sa carte d'état-major, lorsque le plus âgé des hommes éparpilla d'un coup de talon les braises du feu de camp et laissa tomber :

« Des gosses !... »

Le ton était si méprisant que Patrick se sentit piqué au vif. Depuis quand devait-on avoir honte d'être adolescent ? A son avis, si quelqu'un devait parfois se sentir gêné, c'étaient plutôt ce genre d'individus.

Le garçon releva la tête :

« La montagne est à tout le monde. On ne dérange personne, non ? »

L'homme se dandina, piétinant toujours ce qui survivait du feu de camp :

« Pas la peine de prendre la mouche, mon petit vieux ! Tu crois que tu fais peur à quelqu'un, comme ça, en pyjama ? »

Patrick entendait grogner Bethsabée à l'intérieur de la tente. L'envie l'effleura de dire à Djû de lâcher la chienne. Ces gens-là se montreraient sans doute un peu moins insolents...

Mais il se retint, et murmura seulement :

« J'ai dû me tromper, j'ai cru que vous aviez besoin d'aide. »

C'est alors qu'il remarqua, ses yeux s'accoutumant à l'obscurité, que les cinq hommes étaient armés : chacun portait un fusil à l'épaule et un large coutelas à la ceinture.

L'homme qui devait être leur chef sentit le regard de Patrick, et fit diversion :

« Ecoute, on vient aux renseignements. Peut-être que tu as vu ou entendu quelque chose, pas vrai ?

– Quelque chose comme quoi? demanda Patrick sur la défensive.

– Quelque chose comme une bête. Quelque chose comme un loup, pour être plus précis. »

L'un des quatre hommes restés en retrait s'approcha à son tour :

« Laisse tomber, Emilio. Tous ces jeunes, de toute façon, c'est des petits crétins d'écolo-machins...

– E-co-lo-gis-tes, précisa Djû qui venait de sortir de la tente en tenant fermement Bethsabée par son collier.

– C'est ce que je voulais dire, marmonna le type en se baissant pour ramasser un brandon au bout duquel il ralluma le mégot de son cigare. Une sale race, ces écolo-trucs! ils protègent les renards, les harets[1]... Pourquoi pas les loups? »

Il allait ajouter quelque chose – probablement quelque chose de désagréable – quand Ellen si romantique dans sa longue chemise de nuit au col

1. Le chat haret est un chat domestique retourné à l'état sauvage.

et aux manches bordés de dentelle ancienne, surgit sur le seuil de la tente.

Les reflets du feu mourant jouaient sur ses cheveux blonds.

Saisis comme devant une apparition, les cinq hommes se figèrent.

Patrick ne put s'empêcher de penser que le Clan du Chien bleu, – un nom qu'ils se donnaient depuis le jour où, dans un souk de Tunis, Bethsabée était tombée dans une cuve de teinture d'où on l'avait repêchée toute bleue –, possédait décidément deux armes absolues : Bethsabée quand elle était furieuse, et Ellen quand elle était ravissante. Les deux attitudes étant d'ailleurs assez fréquentes, chez l'une comme chez l'autre.

« Qu'est-ce qui se passe? demanda Ellen.

– Il se passe qu'on court après un égorgeur de moutons depuis le coucher du soleil, répondit l'homme qui s'appelait Emilio. Ses traces ont l'air de s'arrêter par ici.

– Un loup? » fit Ellen en jouant l'indifférence.

Là, Patrick admira le sang-froid de sa sœur. D'ordinaire, le seul mot de loup lui faisait dresser les cheveux sur la tête.

« Oui, ma poupée : un loup amateur de chair fraîche, si tu vois ce que je veux dire! Vous ne le cacheriez pas dans votre tente, des fois?

– Bien sûr que si, sourit Ellen, moqueuse.

– Les loups, ajouta Djû avec une insolence marquée, sont nos meilleurs copains. »

L'homme au cigare cracha quelques brins de tabac qui lui agaçaient la langue :

« Faites les malins si ça vous chante. Quand le fauve vous attaquera, ça sera tant pis pour vous. On ne va pas se crever pour des mômes mal élevés, hein?

– C'est plutôt vous autres qui êtes sans-gêne et désagréables, remarqua Patrick. Qui vous a engagés? Les bergers? »

Les hommes firent comme s'ils n'avaient pas entendu la question. Emilio désigna Bethsabée que Djû avait de plus en plus de mal à maîtriser :

« En tout cas, on vous prévient : ne laissez pas votre animal courir dans la nature. Ce qui bouge, on tire dessus.

– D'autant, dit l'homme au cigare, que ces bêtes-là aussi peuvent attaquer les moutons. A l'origine, les boxers étaient des chiens de combat. Et y en a qui sont restés sauvages, faut voir! de vraies saletés! »

Une chienne bien née comme Bethsabée Carpenter, dûment tatouée sous l'oreille droite, vaccinée contre toutes les maladies, lavée au shampooing à chaque changement de saison, munie d'un collier avec plaque d'indentité gravée, ne pouvait décemment pas se laisser traîter de « saleté » sans réagir.

Bien sûr, elle n'avait pas compris la signification du mot « saleté ». Mais le ton agressif de l'homme au cigare et son regard inamical suffisaient à Bethsabée. S'arrachant à la poigne de Djû, elle fonça sur le chasseur.

Celui-ci devina l'attaque. Il replia sa jambe droite, puis la détendit brusquement au moment où la chienne arrivait sur lui. Bethsabée reçut le lourd soulier dans l'estomac, poussa une espèce de couinement plaintif, et alla rouler à trois mètres de là.

« Sale type! » s'écria Djû.

Sans songer que l'homme était une brute et que lui-même n'était qu'un garçon de dix ans, Djû s'élança, les poings en avant.

Plus prompt, Emilio lui barra la route. Il saisit l'enfant par le col de son pyjama, le soulevant presque de terre :

« Ça suffit, moustique! Ton chien a commencé, mon ami Hernandez a eu raison de le corriger. »

Non loin, Bethsabée s'était déjà relevée. La gueule écumante, les oreilles en arrière, elle s'aplatissait sur le sol, prête à bondir à nouveau.

Ellen vit le danger et cria :

« Pas bouger, Bethsabée! »

La chienne s'aplatit davantage, en grondant toujours.

Patrick braqua sa lampe-torche sur les cinq hommes :

« Fichez le camp d'ici, tout de suite. Je commence à comprendre qui vous êtes vraiment : des braconniers, des massacreurs d'isards. Cette histoire de loup, pour vous, ça n'est qu'un bon prétexte pour vous balader avec des fusils. »

Il marcha jusqu'à Emilio, entoura d'un bras

les épaules de Djû qui tremblait de colère.

« Peut-être, que je descendrai demain à la gendarmerie, ajouta Patrick. Pour parler de vous cinq au brigadier Apesteguy... »

Les hommes échangèrent un bref regard.

« D'accord, fit Emilio d'une voix subitement conciliante. On s'en va. »

Ils tournèrent le dos aux jeunes campeurs. Faisant rouler des cailloux sous leurs pas, ils s'éloignèrent et disparurent bientôt dans la nuit.

Le silence revint sur la montagne, seulement troublé par le léger murmure des eaux du Soubiran et le chuintement des lampes à gaz qui se balançaient sous la tente.

« Entre ces hommes et le loup, moi je choisis le loup... »

Aussi incroyable que cela paraisse, c'est Ellen qui venait de prononcer cette phrase.

III

C'était l'aube. Le soleil naissant apparut au-dessus des crêtes, noyant dans sa lumière jusqu'aux gouffres vertigineux des précipices.

A peine ridé par le vent du petit matin, le lac scintillait comme une éclaboussure d'argent liquide. Les pics lointains se coloraient de rose orangé, tandis que les pentes les plus proches étaient caressées de douces lueurs bleuâtres.

Le premier debout, Patrick contemplait avec admiration les couleurs de la montée du jour :

« Un monde d'abricot et de menthe », dit-il, étonné par tant de beauté.

Ellen surgit près de lui, en riant :

« Abricot et menthe? Pouah! Tu parles d'un gâteau!...

– En cuisine, peut-être. Mais là, avoue...

– J'avoue, dit-elle. C'est beau. Pour de vrai.

– Dommage qu'il faille quitter cet endroit pour rejoindre le chantier des parents. »

Ellen fit voler ses longs cheveux dénoués, dans lesquels le soleil levant allumait d'étranges reflets :

« Tu dis ça pour moi? Ecoute, Pat, je ne suis plus très sûre de vouloir partir. Enfin... pas avant d'avoir réglé cette histoire de loup.

– Réglé comment? fit Patrick, surpris par la réaction de sa sœur.

– Djû prétend que c'est un animal en difficulté. Il ne se trompe jamais, quand il s'agit d'une bête! Et puis, il y a ces hommes, ces sales brutes... Ils seraient trop contents de tuer le loup, tu ne crois pas? »

Ellen choisit quelques branches sèches, les disposa sur les braises qui couvaient à fleur de cendre. Le feu reprit et se mit à crépiter joyeusement.

« Essayons de dénicher ce loup, poursuivit la fillette. S'il est blessé, ou malade, Djû pourra peut-être le soigner? De toute façon, ajouta-t-elle en regardant vers les cimes ruisselantes de soleil, ça nous fera une chouette promenade. Et puis si on trouve le loup, je ne serai pas obligée de le caresser, hein? »

Une heure plus tard, après un solide petit déjeuner, le Clan du Chien bleu prenait la piste du loup escorté par une Bethsabée qui gambadait et sautillait après les insectes.

Djû marchait en tête, légèrement courbé pour suivre les empreintes de la bête – des traces si infimes que seul le petit Cambodgien était capable de les discerner.

Très vite, Djû s'aperçut que le loup solitaire avait renoncé à grimper vers les éperons acérés, provocants, qui se détachaient contre le ciel d'un bleu profond. La bête, au contraire, après ce détour par les zones d'altitude, semblait avoir cherché à gagner un fond de vallée. Là, elle avait en effet des chances de trouver un refuge, une tanière invisible aux hommes, confortable, près d'un sous-bois abondant en petit gibier facile à capturer, à proximité d'une source fraîche où elle pourrait s'abreuver et, qui sait? laver ses blessures.

Avec ses herbages piqués de fleurs, le chant des oiseaux et les senteurs des plantes aromatiques, le paysage prenait maintenant des allures de jardin magique.

Il fallait une bonne dose d'imagination pour se rappeler qu'au bout du chemin, c'est avec un loup qu'on avait rendez-vous.

Il était un peu plus de midi lorsque Djû s'immobilisa. Il leva le bras pour signifier à son frère et à sa sœur de s'arrêter.

Patrick s'avança, chuchota :

« Tu l'as repéré?

– C'est pas si facile que ça! dit Djû. Mais les traces sont de plus en plus nettes. De plus en plus nombreuses. Un peu embrouillées, tu vois? Comme si, maintenant, on entrait sur son territoire. La tanière peut être encore loin. Un loup, ça a besoin d'espace.

– En somme, dit Patrick d'un ton déçu, on peut tourner en rond pendant des heures. Et même rentrer bredouilles.

– Si les cinq chasseurs qu'on a vus cette nuit ne lui ont pas mis la main dessus, c'est qu'il doit être drôlement bien planqué, notre loup. »

Djû se dandina d'un pied sur l'autre, lentement d'abord, puis de plus en plus vite : sa façon à lui de se concentrer avant de prendre une décision.

Il cessa enfin de se trémousser, fronça son minuscule bout de nez, et déclara :

« Ça y est ! Je sais ce qu'on va faire. Comme on risque de ne jamais le trouver, ce loup, on va s'arranger pour que ce soit lui qui nous trouve.

– Comment ?

– Simple ! on va l'appâter.

– Avec quoi ? On n'a emporté que du pain d'épice et des pamplemousses. Pas des friandises de loup, tout ça !

– On va l'appâter avec Ellen, » annonça Djû.

***

Pour un beau plan, c'était un beau plan !

Allongée au pied d'un arbre, tassée sur elle-même telle une poupée de chiffon, Ellen devait rester sans bouger. Comme si elle était faible et épuisée au point de ne plus pouvoir se relever. De temps en temps, elle s'arrangerait pour pousser de brefs gémissements.

Si le loup était dans les parages – et Djû était sûr qu'il y était –, il ne résisterait pas longtemps à la curiosité de venir voir de près à quoi ressemblait cette « proie ».

« Evidemment, ajouta le petit garçon avec regrets, un agneau serait mieux...

– Au point où on en est, rétorqua Ellen, acide, je peux essayer de bêler, si ça t'arrange?

– Pour que tout rate? » fit Djû, du ton méprisant d'un général à qui on suggère d'attaquer l'ennemi en lançant contre lui des escadrilles de fourmis ailées.

Ignorant délibérément sa sœur, il se tourna vers Patrick :

« Tu avoueras que je lui propose un rôle facile! Rester gentiment étendue sur la mousse, le nez dans les fleurs, est-ce qu'il y a de quoi en faire un plat? »

Patrick voulut répondre, mais Ellen explosa avant lui :

« T'es complètement dingue, Djû! Mais si ta combine est idiote, moi pas. J'en ai plus qu'assez de tes animaux sauvages! Pas question que je laisse une horreur de loup me renifler... D'ailleurs, je...

– Mais tu ne risques rien! l'interrompit Djû. Pat et moi, on sera cachés dans l'arbre, juste au-dessus de toi. Dans mon pays, c'est comme ça que faisaient ceux du village pour attraper des bêtes féroces. Ça marchait à tous les coups.

– Et qu'est-ce qu'il y avait comme appât, s'il te plaît?

– Une chèvre, dit Djû. Parfois un petit cochon noir.

– Je ne suis ni une chèvre ni un cochon! » hurla Ellen.

Brusquement, elle se souvint de quelque chose et demanda, ironique :

« Et Bethsabée? Tu as l'intention de la décider à grimper dans l'arbre?

– Je n'y avais pas pensé », reconnut Djû.

Il réfléchit quelques instants, intensément. Puis :

« Elle restera en bas, avec toi. Elle sera ravie, cette chienne-là adore ne rien faire. »

Ellen allait répliquer, lorsque Patrick la prit par le bras, l'attira contre lui et lui souffla à l'oreille :

« Poussin, ça n'a aucune chance de réusssir. C'est une idée tordue. Mais ça plaît tellement à Djû!... Tu comprends, ça lui rappelle son pays, les coutumes de là-bas. Alors, accepte. Juste une heure, et je te promets que tout de suite après on rentre au camp. »

Ellen fixa Patrick droit dans les yeux.

Elle considérait son frère comme le garçon le plus sage, le plus intelligent qui soit. Elle avait en lui une confiance illimitée. Quand il disait qu'une chose était possible, alors elle l'était.

Quelques années auparavant, c'était lui, malgré son jeune âge, qui avait convaincu Marc et Odile Carpenter d'adopter le petit Djû. Encore bébé, Djû avait été découvert plus ou moins abandonné dans un hôpital de jungle, au cœur du Cambodge, où l'un de ses vieux oncles l'avait déposé pour lui éviter les horreurs de la guerre qui ravageait le pays. L'adoption avait parfaitement réussi. Djû était devenu le frère à part entière de Patrick et d'Ellen.

A quatorze ans, Patrick Carpenter montrait une maturité étonnante. Si Djû possédait une sorte de sixième sens pour tout ce qui touchait au monde animal, Patrick, lui, devinait bien souvent ce qui se passait dans le cœur des hommes.

« Fais-le pour Djû! » insista-t-il.

Ellen soupira :

« Je sens que ça va être l'heure la plus longue de ma vie!

– Avec ta robe blanche, chuchota Patrick en souriant, tu as terriblement l'air d'une jeune princesse qu'on va donner à dévorer au dragon de la montagne. »

Ellen sourit à son tour....

A cause de la visite mouvementée des cinq braconniers, la nuit précédente avait été plutôt éprouvante, les jeunes campeurs ayant eu du mal à retrouver leur sommeil interrompu. De plus, ils étaient fatigués par la longue randonnée du matin. Aussi, l'immobilité et le silence aidant, ne tardèrent-ils pas à somnoler. Puis à s'endormir carrément, Ellen au pied de l'arbre, Patrick et Djû lovés comme des singes sur les branches basses.

Bientôt Ellen fit un rêve étrange : Bethsabée

tournait autour d'elle, lui soufflant au visage une haleine singulièrement brûlante. La chienne haletait. Du bout de ses pattes griffues, elle grattait le sol couvert d'aiguilles de pin, tout près de la dormeuse.

Sans être particulièrement désagréable, c'était un rêve si réaliste qu'Ellen s'éveilla à demi pour protester :

« Arrête un peu, ma vieille! Qu'est-ce que tu as à t'agiter comme ça? Tu n'as pas entendu ce qu'a dit Pat? Tout ça, c'est juste pour faire plaisir à Djû. Ce n'est pas encore aujourd'hui que tu verras un loup! »

Bethsabée parut comprendre. Elle cessa de souffler sur sa jeune maîtresse.

Satisfaite, Ellen se retourna sur le côté et accorda à la chienne une caresse distraite.

Mais décidément, quelque chose n'allait pas : sous les doigts d'Ellen, le pelage ras et doux de la petite boxer était devenu une fourrure épaisse, un peu rêche au toucher.

Bethsabée laissa échapper un grognement sourd, se déroba aux caresses de la fillette... pour se mettre aussitôt à lui balayer le front et les joues à grands coups de queue touffue.

« Une queue touffue?... » pensa Ellen qui avait toujours connu Bethsabée avec une queue à peine plus longue qu'un radis.

Bethsabée affublée d'un panache façon écureuil, c'était décidément un rêve farfelu!

« Et puis, elle me chatouille, cette idiote... » murmura Ellen.

Déterminée à repousser la chienne qui se permettait d'entrer dans ses rêves et de s'y conduire d'une manière absurde, Ellen ouvrit les yeux et se redressa.

Ce qu'elle vit à moins d'un mètre d'elle lui coupa la respiration...

Deux yeux brillaient dans la pénombre du sous-bois.

Deux yeux couleur de braise, presque rouges, soulignés de noir comme si on les avait maquillés.

Au-dessus des yeux, un front fuyant surmonté de deux courtes oreilles velues.

Sous les yeux, un long museau qui se terminait par une gueule entrouverte, hérissée de dents incroyablement pointues et blanches, où palpitait une langue plate, fine, couleur cerise.

Le reste de l'apparition était constitué d'un corps maigre mais puissant, posé sur quatre pattes nerveuses.

Tout au bout, il y avait cette queue diabolique, effectivement touffue comme celle d'un écureuil, ou d'un renard.

L'ennui, c'est que la queue n'appartenait ni à un écureuil ni à un renard. Ni, bien entendu, à Bethsabée.

Mais à un loup...

En un éclair, Ellen se dit qu'elle n'avait que deux solutions.

Ou mourir tout de suite de frayeur, ou décider

que ce loup qui la dévisageait n'existait pas vraiment. Qu'il faisait partie du rêve – autrement dit, maintenant, du cauchemar.

Mourir de peur, Ellen sentait qu'elle le pouvait. Elle n'aurait pas besoin de se forcer beaucoup! Mais ce n'était pas obligatoirement une bonne idée, car ça n'empêcherait pas le loup de la dévorer. Et cette pensée lui paraissait pire que la mort elle-même.

Quant à traiter le loup comme un affreux cauchemar... Plus facile à dire qu'à faire!

Elle envisagea une troisième hypothèse : hurler.

Elle essaya, en y mettant vraiment beaucoup de bonne volonté. Tout ce que sa gorge réussit à produire fut un couinement lamentable, du genre de celui qu'émet un caneton en sortant de son œuf.

Ce couinement, pourtant, provoqua chez le loup une réaction inattendue : il baissa la tête et recula de quelques centimètres. Il était évidemment dérouté par cet animal étrange qui s'exprimait comme un enfant de canard.

Encouragée, Ellen récidiva. Son second couinement fut plus misérable et plus étranglé que le premier. Cette fois, le loup s'allongea sur le tapis d'aiguilles de pin, le museau posé sur ses pattes antérieures.

Ah! S'il n'avait pas été un loup, comme il aurait eu l'air d'un bon chien!

Ellen profita de ces quelques secondes de répit pour regretter qu'aucun lycée au monde, à sa connaissance du moins, n'organise des cours de sorcellerie.

Savoir par cœur la formule chimique de l'acide chlorhydrique ne lui servait à rien, ni la date de la mort de l'amiral Nelson, ni les ressources de l'île Maurice. En revanche, il lui aurait été merveilleusement utile, à présent, de connaître un quelconque *abracadabra*, une formule magique lui permettant de transformer un loup en ouvre-bouteille.

C'est alors qu'une pomme de pin lui tomba sur la tête.

Lentement, prudemment, elle leva un œil, puis l'autre.

Juste au-dessus d'elle, tapis dans leur nid de branchages, Patrick et Djû contemplaient la scène avec des regards horrifiés.

« Voilà le moment de leur dire adieu, songea la

fillette. Et que je les aimais beaucoup. Et toutes les choses qu'on bredouille dans ces cas-là. Dommage que j'aie perdu ma voix... »

Elle s'apprêtait à leur adresser, de la main, un petit « au revoir » doux et résigné, en jeune fille affectueuse et bien élevée qu'elle avait toujours été, et qu'elle entendait rester même dans les circonstances les plus tragiques.

Mais elle n'en eut pas le temps.

Quelque chose s'abattit sur elle, l'étouffant presque, la clouant sur le sol...

Ce n'était pas le loup, mais Patrick.

Jouant les Tarzan, le garçon s'était jeté sur sa sœur, lui faisant un rempart de son corps.

Au même instant, poussant un de ces hurlements stridents dont il avait le secret, Djû bondissait sans hésiter sur le loup.

La bête, littéralement fascinée par Ellen, n'avait pas deviné la présence des garçons dans l'arbre. Ce fut à son tour d'être terrorisée. Elle fit un saut de côté, esquiva Djû de justesse, puis, sans chercher à savoir d'où venait l'attaque, elle s'élança dans le sous-bois.

« Gagné! cria Djû en se relevant, sans se soucier de ses deux genoux sévèrement entaillés par son plongeon du haut de l'arbre.

– Il est parti? interrogea Patrick toujours couché sur Ellen.

– Les jambes à son cou! » dit le petit Cambodgien en riant.

Alors seulement, Patrick se releva à son tour. Il regarda sa sœur, avec inquiétude :

« Tu as eu peur, poussin? »

Ellen se demanda si elle allait le tuer tout de suite, ou si elle attendrait ce soir. Peur, elle? Et pourquoi? C'était une situation tellement banale, n'est-ce pas, que de se retrouver nez à nez avec un loup affamé...

Elle préféra ne pas répondre. Elle n'était d'ailleurs pas très sûre que sa voix soit revenue et craignait d'être toujours incapable d'émettre autre chose qu'un vague gargouillis... D'un geste plein de grâce, elle se contenta d'ôter une aiguille de pin qui s'était prise dans ses longs cheveux.

Mais Patrick et Djû ne perdaient rien pour attendre!

Djû surtout qui, les yeux brillants d'excitation, était en train de murmurer :

« On ne va pas s'attarder, hein? La piste est toute fraîche, je vais vous retrouver ce loup sans problème, moi, maintenant! »

Toujours prudemment muette, Ellen dévisagea les deux garçons.

Alors, ce n'était pas fini? Qu'allaient-ils encore inventer, ces deux inconscients?

« Tu comprends, lui expliqua gentiment Patrick en l'embrassant et en la serrant contre lui, ce loup n'est pas dans son état normal. Sinon, tu penses bien qu'il ne se serait pas comporté comme ça!

– On en parlait dans l'arbre avec Pat, appuya Djû. Normalement, il aurait dû t'attaquer. Au lieu de ça, il t'a reniflée comme un brave chien.

– Au sujet de chien, coupa Patrick, que fait Bethsabée? »

D'un doigt qui tremblait de rancœur et de déception, Ellen lui désigna la chienne: elle dormait profondément, écrasant de son poids une colonie de petits lis fragiles.

« Elle n'a même pas aboyé après cet horrible loup! rappela Ellen, outrée et qui, pour l'occasion, venait de retrouver sa voix.

– Normal, laissa tomber Djû. Bethsabée avait compris que tu n'étais pas réellement en danger. »

Ellen faillit faire remarquer que Bethsabée avait une conception très personnelle du danger: n'aboyait-elle pas comme une possédée quand le facteur sonnait à la porte? Pourtant, même quand il apportait les feuilles d'impôt, ce brave facteur ne mettait pas en péril la maisonnée Carpenter! Mais aujourd'hui, Ellen renonçait définitivement à comprendre la mentalité des petits hommes et des grands chiens.

« Eh bien, conclut-elle avec fatalisme, quand je risquerai vraiment quelque chose, vous me préviendrez...

– Maintenant, dit Djû avec sérieux, *maintenant* tu risques quelque chose! parce que tu viens de poser ton pied sur un nid de fourmis rouges... Des bêtes redoutables, sais-tu? Ça vous dévore en un clin d'œil... »

IV

Ce n'était pas vraiment une caverne, plutôt une sorte de faille dans le roc, dont l'accès étroit était dissimulé aux regards par des touffes emmêlées de plantes de rocaille.

Djû n'avait pourtant pas hésité :

« Là! »

Non seulement les traces s'arrêtaient juste devant cette anfractuosité, mais une odeur violente s'exhalait de l'ouverture.

Dans la lumière qui s'estompait maintenant de minute en minute, comme rejetée vers les lointains par les lourdes branches en forme de raquettes qui formaient voûte, la tanière du loup paraissait à la fois vulnérable et menaçante.

Bethsabée se mit à gémir doucement.

« Tiens, ironisa Ellen avec un soupçon de rancune, voilà la Belle au bois dormant qui se réveille!

– Il doit y avoir là-dedans une portée de louveteaux, dit Djû. Leur litière est pleine de saletés, et ça excite la chienne. Tiens-la bien, Pat. »

Patrick observa son jeune frère avec admiration :

« Comment le sais-tu?

– Je crois que j'ai tout compris, expliqua Djû. Ce loup, en réalité, c'est une louve. Elle se comporte drôlement parce qu'elle a des petits. Parce que son mâle a dû être tué. Parce qu'elle est à présent seule pour nourrir sa portée. »

Les trois Carpenter s'étaient aplatis dans l'humus et dévoraient des yeux le trou sombre dans le rocher.

« Je vais aller voir, décida Djû. Y a pas d'autre façon.

– La bête ne te laissera pas approcher!

– Elle n'est pas dans sa tanière, j'en suis sûr. Sinon, elle serait déjà sortie pour essayer de nous repousser. La nuit va tomber, elle doit être en chasse. »

Patrick n'insista pas. Il suivit du regard le petit Cambodgien qui rampait silencieusement jusqu'à la tanière.

Sans ralentir ni accélérer son allure, sans se redresser, Djû disparut dans la faille.

Comme s'il se laissait engloutir par le lugubre rocher.

Il réapparut l'instant d'après, riant et gesticulant :

« J'avais raison, cria-t-il, venez vite! »

Patrick s'élança, traînant derrière lui une Ellen très peu enthousiaste – mais elle préférait encore suivre ses frères dans l'antre sombre et puant plutôt que de rester seule dans la forêt.

Accompagnés d'une Bethsabée frémissante d'excitation, les enfants se faufilèrent à travers l'échancrure.

Dans la tanière, l'odeur était asphyxiante...

On l'oubliait vite devant le spectacle qui s'offrait aux yeux, une fois ceux-ci accoutumés à l'obscurité.

Sur une sorte de litière rudimentaire étaient frileusement blotties trois petites boules de fourrure claire, les pattes raidies par le sommeil, dans une attitude de confiance et de bien-être absolus.

On voyait battre leurs cœurs sous le pelage de la poitrine, d'un blanc neigeux.

Ça ne ressemblait pas à des loups, ni même à des chiots, mais plutôt à ces animaux en peluche parfois présentés en désordre dans des corbeilles, derrière les vitrines des magasins de jouets.

Au bord de la litière, comme si la louve avait débarrassé le couvert après le festin de ses petits, il y avait un monticule de fins ossements, presque des cartilages. Djû en déduisit qu'il s'agissait des carcasses de poulets, d'oiseaux, de rongeurs.

« Si la louve a attaqué des moutons, elle était trop épuisée pour les ramener jusque-là. Elle les a mangés sur place. »

Sans hésiter, Ellen s'agenouilla puis tendant la main, elle toucha du bout des doigts un des louveteaux. Le pelage était d'une extraordinaire douceur.

La petite boule de poils tressaillit, s'étira, roula sur le dos et ouvrit une gueule d'un rose parfait, montrant un palais tout plissé et des dents aiguës d'une blancheur de porcelaine.

A la fois incrédule et émue, Ellen regarda Djû :

« Que c'est mignon!

– Malheureusement, dit Djû avec malice, ça grandit. Et quand c'est grand, tu n'aimes plus ça du tout. Pourtant, tu vois, c'est la même bestiole...

– Je n'arrive pas à croire que ces trésors, un jour, seront des animaux cruels.

– Quoi, cruels? Parce qu'ils vont devenir des chasseurs? Nous aussi, on tue des bêtes pour les manger. Rappelle-toi les poissons qu'on a pêchés dans le Soubiran, le premier soir. Tu n'as pas fait d'histoires pour les croquer, il me semble! »

Ellen étendit de nouveau la main pour caresser les louveteaux :

« Ceux-là, en tout cas, ils me plaisent. Je les ramènerais bien à la maison! »

Bethsabée elle-même paraissait subjuguée. Elle fronçait sa truffe noire et humide comme pour mieux se repaître de l'odeur chaude et vivante des bébés loups.

Patrick était le seul à ne pas manifester son enthousiasme. Appuyé contre une des parois de la tanière, il paraissait pensif.

« Qu'est-ce qui ne va pas? lui demanda Djû. Tu en fais, une tête! »

Patrick se secoua comme pour chasser des images déplaisantes et esquissa un sourire :

« Tout est O.K., Djû. Sauf que... »

Il s'interrompit. A son tour, Ellen le dévisagea :

« Sauf que quoi, Pat?

– Sauf que ça ne nous avance à rien de nous extasier devant ces modèles réduits de loups! Qu'est-ce qu'on décide?... Contrairement à ce qu'a dit Ellen, il n'est pas question de les ramener. D'un autre côté, toi, Djû, tu prétends que leur mère a des difficultés pour les nourrir?

– Oui. Peut-être même qu'elle est malade, et qu'elle s'épuise à chercher de quoi nourrir ses petits. Quand elle s'est approchée tout à l'heure pour faire des tendresses à Ellen, je l'ai trouvée plutôt maigre.

– Est-ce qu'on peut l'aider? »

Djû plissa son minuscule bout de nez :

« Comment?

– Je te pose la question, mon vieux! Après tout, c'est toi le spécialiste des animaux... »

Djû donna un coup de pied dans l'amoncellement des petits os, qui s'écroulèrent avec un bruit léger de baguettes de mikado[1].

« Il y a peut-être un moyen, dit-il. De toute façon, maintenant, il vaut mieux qu'on file d'ici! La louve ne va pas apprécier qu'on soit venus l'espionner... »

*
**

La nuit était tombée lorsque les jeunes campeurs, harassés, rejoignirent leur tente sur les bords du Soubiran.

Pendant que Patrick jetait des poignées de spaghetti dans une casserole d'eau bouillante et que Djû malaxait des tomates, des piments, du vinaigre et de l'huile d'olive pour faire un ketchup de sa composition, Ellen s'était dirigée vers les rives du lac.

Il était plus que temps pour elle de laver les vêtements qu'elle avait emportés si elle ne voulait pas être condamnée à ce qui représentait à ses yeux le comble de l'infortune : porter des jeans.

Ellen avait beau être résolument moderne, il y avait un domaine où elle restait farouchement romantique – « *rétro* », disaient ses frères. Où qu'elle se trouve, quels que soient le climat et les circonstances, Ellen s'habillait comme pour se

1. Jeu à base de bâtonnets jetés pêle-mêle, et qu'on doit retirer un à un sans faire bouger les autres.

rendre à une réception. Et mettait son point d'honneur à changer de toilette tous les jours. Aussi une invraisemblable collection d'admirables vieilleries surchargées de dentelles s'entassait-elle dans son armoire.

Patrick, absorbé à empêcher ses spaghetti de coller, avait regardé s'éloigner sa sœur en faisant sa moue habituelle :

« Très joli, tout ça. Mais tu vas les repasser comment, tes affaires?

– Je les mettrai froissées, avait rétorqué Ellen. Pas question d'enfiler un pantalon! »

C'était net, définitif, sans appel.

Ellen était occupée à plonger quelques-unes de ses merveilles enrubannées dans le Soubiran, lorsqu'une main invisible fit adroitement ricocher un caillou plat sur les eaux glaciales.

« Merci de m'éclabousser, Djû! protesta Ellen. Si tu crois que ça m'amuse de... »

Elle s'interrompit en entendant, non loin d'elle, un éclat de rire.

Ce n'était pas la façon de rire de Djû.

Intriguée, Ellen se retourna, abandonnant aux vaguelettes sa plus belle robe bleue – dénichée en Espagne, au marché aux puces de Barcelone.

Un jeune garçon était là, debout, les poings sur les hanches. Il l'observait avec ironie.

« Vous vous donnez bien de la peine pour rien! » dit-il.

Ellen examina le nouveau venu.

Lui, évidemment, ne devait pas souvent se fatiguer à laver ses habits! Il portait un méchant pantalon de velours brun plein de reprises, un maillot de corps d'une teinte indéfinissable et un épais gilet qui semblait taillé dans une peau de mouton. Il sentait d'ailleurs le suint [1] et la laine humide.

La lavandière haussa les épaules :

« Chacun ses idées et sa façon de vivre, hein?

– Oui, admit le garçon, chacun peut faire ce qu'il veut. Mais à condition de ne pas gêner son voisin. D'accord?

– D'accord. Alors, fichez-moi la paix et arrêtez de lancer des pierres dans l'eau. »

Le garçon s'avança plus près. Il entra dans une coulée de lune, et Ellen put distinguer les traits de son visage.

Il semblait à peine plus âgé que Patrick, mais il était plus charpenté, plus râblé. Il lui manquait une dent sur le devant, et une curieuse cicatrice partageait son menton en deux. Il était tout de même agréable à regarder, parce qu'un charme étrange et doux brillait dans ses yeux sombres.

Et même, songea Ellen, *très* agréable à regarder...

Du coup, elle en oublia sa robe bleue qui, comme un vaisseau fantôme, dérivait vers l'autre bout du Soubiran, chassée par le vent.

1. Matières grasses venant de la peau du mouton, et qui imprègnent sa laine.

Le garçon se percha sur un rocher :

« Je m'appelle Zuri. C'est un nom de par ici. Y a des heures que je vous suis.

– Moi? fit Ellen, flattée.

– Vous et les deux autres. »

Un peu déçue, Ellen se détourna, regardant pensivement vers les montagnes.

« Je vous suis depuis la tanière du loup, précisa Zuri.

– Bravo! dit-elle. Nous on n'avait rien remarqué. Vous êtes très fort.

– Oui, assez. Je connais la montagne comme ma poche. Je sais où il faut marcher pour ne pas faire de bruit. »

Il désigna la robe bleue qui s'en allait, gonflée comme une bulle :

« Si je vous la rattrape, on sera amis? »

Ellen suivit le regard de Zuri et s'aperçut enfin que sa robe allait disparaître. Elle poussa un cri de détresse :

« Ma robe! Faites quelque chose, vite!

– C'est bien ce que je pensais... » dit le garçon sans s'émouvoir.

Il dégringola de son rocher. Sans prendre la peine de retrousser son pantalon, il entra dans le lac jusqu'aux genoux, avança la main et saisit la robe qu'il ramena en lieu sûr.

Ellen serra contre elle le paquet d'étoffe mouillée comme s'il s'agissait de la chose la plus précieuse du monde.

« Elle revient de loin! » affirma Zuri.

Et après un silence il ajouta :

« C'est pas le genre de trucs à mettre dans la montagne, à mon avis.

– Ça me regarde », fit Ellen.

Zuri hocha la tête.

« Oui... Mais le loup, par exemple, ça ne vous regarde pas... Le loup, c'est mon affaire. A moi et à personne d'autre! Je vous ai entendus parler, en chemin. Je ne suis pas d'accord.

» Cette bête, il faut la tuer. Et tuer aussi toute sa portée. C'est ce que je vais faire dès demain.

» Je suis venu vous le dire. »

⁂

Patrick, Ellen et Djû regardaient curieusement Zuri dévorer une assiettée de spaghetti.

« Ils sont fameux, hein? demanda Patrick.

– Pas mauvais », concéda le garçon en s'essuyant la bouche du revers de sa manche.

Il avala une gorgée de lait mais, cette fois, fit la grimace :

« Pourquoi est-ce que vous achetez du lait comme ça? Moi, je bois celui de mes brebis. Il a un autre goût, je vous jure!

– Tu es berger?

– Oui. Je garde une trentaine de bêtes. Elles appartiennent à mon oncle.

– Ce soir, s'inquiéta Djû, qui les surveille?

– Sendoa, mon chien. D'ailleurs, va falloir que je retourne là-bas. Merci pour le dîner. »

Zuri se leva, heurta du front la toile de tente qui résonna comme une peau de tambour.

« Moi, dit-il encore, je dors aussi souvent que possible à la belle étoile. Au moins je ne me cogne pas la tête, le ciel est haut.

– C'est parce que tu es berger, interrogea Patrick, que tu veux tuer le loup?

– Bien sûr! Il attaque mes moutons. Une enragée, cette bête-là. »

Sa voix était pleine de colère, pourtant Ellen nota que ses yeux restaient doux.

« Ce qu'on ne comprend pas, intervint Djû, c'est pourquoi la louve n'allaite pas ses petits?

– Sûrement qu'elle n'a pas de lait. Ça arrive aux femmes, pourquoi pas aux louves?

– Si elle mangeait à sa faim, suggéra le petit Cambodgien, peut-être que son lait reviendrait?

– Possible, admit Zuri. En attendant, elle cherche à dévorer les moutons de mon oncle. »

Bethsabée émit une série de grondements caverneux, comme si elle approuvait. Ellen lui jeta un coup d'œil sévère :

« Toi, l'endormie, on ne te demande pas ton avis! C'est tout à l'heure qu'il fallait te manifester, quand la louve est venue me lécher le bout du nez... »

Elle se tourna vers le jeune berger, poursuivit :

« Ecoute, Zuri, je déteste les loups plus que n'importe qui. Mais je suis d'accord avec Pat et Djû : il faut qu'on aide cette bête. Ses louveteaux sont trop petits pour qu'on les laisse mourir. Et en aidant la louve, on va t'aider toi aussi.

– On a préparé un plan super simple, enchaîna

Patrick. Dès demain, on descendra acheter de la viande au village et on la déposera près de la tanière. Comme ça, la louve n'aura plus besoin de courir après tes moutons. »

Stupéfait, Zuri dévisagea les enfants :

« Vous savez ce que ça mange, un loup? Combien de kilos ça peut engloutir? L'argent pour acheter toute cette viande, vous le prendrez où?

– On a aussi notre idée là-dessus », dit Djû.

Le jeune berger paraissait hésitant. Sans doute, au fond de lui, pensait-il que ce serait là un joli gâchis de viande! Lui, il ne se nourrissait que de fromage, de laitages, de haricots en boîte...

Patrick devina et dit doucement :

« Je sais, Zuri, ça a l'air d'être un scandale. Mais non! Le scandale, le vrai, ça serait de laisser disparaître un animal dont il n'existe plus par ici que quelques exemplaires très rares... Qu'est-ce que tu éprouves quand tu tombes sur le cadavre d'un isard abattu par des braconniers? Est-ce que ta montagne ne te paraît pas alors un peu moins belle?

– Pour sûr », fit le garçon avec une certaine gravité.

Il plongea ses yeux dans ceux de Patrick, reprit :

« Mais pourquoi vous donnez-vous tant de mal? Dans le fond, vous ne faites que passer par ici. Peut-être même que vous n'y reviendrez jamais! C'est mon pays, pas le vôtre.

– On ne calcule pas comme ça, dit Patrick.

– Notre pays, dit Ellen, c'est partout où c'est beau. »

Djû, comme un diable à ressort, bondit sur ses pieds. Il se mit au garde-à-vous et, très solennel, lança :

« Mon vieux Zuri, il est temps qu'on se présente : tu as devant toi le Clan du Chien bleu. »

Zuri écarquilla les yeux. Il ne semblait pas particulièrement impressionné par cette déclaration. Djû, un peu déçu, insista :

« Ça ne te dit rien?

– Ben... non! avoua le berger.

– Figure-toi que tout a commencé le jour où une sauterelle s'est posée sur Bethsabée. C'était à Tunis, dans le souk des teinturiers. Alors... »

D'un geste de la main, Zuri interrompit le petit Cambodgien :

« Excuse-moi, mais je dois aller retrouver mes moutons. »

Il s'approcha d'Ellen et l'embrassa furtivement sur la joue :

« J'espère que tu mettras souvent ta robe bleue, tu dois être très jolie avec... »

Ellen rougit, marmonna quelque chose d'incompréhensible. Mais déjà Zuri s'écartait d'elle et tendait la main à Patrick :

« Aujourd'hui, c'est mardi. Je te laisse jusqu'à vendredi. Si d'ici là cette louve s'en prend à un seul de mes moutons, si je la vois seulement rôder dans les parages, je l'abats. Elle et ses petits. »

Sur le seuil de la tente, il ajouta :

« J'ai un fusil, dans ma cabane. J'ai pas l'âge, mais comme je suis berger, les gendarmes ne disent rien. Et je sais m'en servir... »

V

D'habitude, Ellen détestait les boucheries : le sang, les couteaux et les crochets, ces chairs mortes qu'on tronçonnait, tout cela la dégoûtait vaguement. Ce qui ne l'empêchait pas d'aimer la viande, une fois celle-ci bien grillée, généreusement saupoudrée de persil frais et de noisettes de beurre.

Mais vraiment, cette petite boucherie-là était ravissante avec sa devanture peinte en vert tendre, ses stores rouge et blanc, ses carreaux de faïence ornés de motifs champêtres. Avec un joli bouquet de fleurs de montagne sur la caisse derrière laquelle trônait Mme Irudy, la femme du boucher.

« Pardon, petite demoiselle, vous voulez répéter? »

Le boucher, incrédule, s'essuyait les mains à son tablier.

« Eh bien oui, dit Ellen, il me faudrait... Ce

quartier de viande... Oui! Celui-là, précisa-t-elle en le touchant du doigt.

– Mais c'est une grosse quantité! s'exclama le boucher.

– Si mademoiselle aime la viande..., dit la bouchère, qui tripotait déjà sa machine à calculer.

– Et... Comment faut-il vous la couper? » s'enquit le commerçant.

Ellen regarda autour d'elle, indécise. Elle esquissa un geste d'indifférence :

« Oh... Comme vous voudrez!

– Voyons, c'est pour griller? Pour bouillir? Pour braiser?

– Pour manger comme ça, dit tranquillement Ellen.

– Crue?

– Crue. »

De nouveau, Mme Irudy intervint :

« Ecoute, Baptistin, depuis quand discutes-tu les commandes des clientes? Si mademoiselle a envie de manger des kilos de viande crue, c'est son affaire! »

Elle se pencha vers Ellen, lui souffla :

« D'autant, ma petite, que nous faisons la meilleure viande de toute la région! Vous allez vous régaler. »

Pendant que le boucher, qui renonçait à comprendre, appelait son commis à la rescousse, affûtait ses couteaux et jetait sur la paillasse des morceaux de viande, Ellen s'était rapprochée de la caisse :

« Dites, madame, ça va faire cher?
– Ma foi, dit la bouchère en riant, plus cher que cent grammes de bifteck haché, c'est sûr!
– Combien, à peu près? »
Mme Irudy demanda le poids, pianota sur sa machine, puis annonça un chiffre. Ellen sentit son estomac se contracter.
« Mais, dit gentiment la bouchère, on vous fera cadeau de quelques beaux os à moelle. Pour une cliente comme vous, c'est bien le moins!... »
Ellen pensa que Bethsabée serait enchantée d'avoir des os à ronger. Et ce ne serait que justice car, d'une certaine façon, c'était la chienne qui aiderait sans doute à régler la note du boucher...
« Voulez-vous me préparer tout ça pour demain matin? » dit Ellen.
Elle ajouta, imperturbable :
« Probablement que je vous passerai alors une nouvelle commande. A peu près de la même importance. »
Le boucher et son commis faillirent tomber dans la sciure en se précipitant pour ouvrir la porte à la fillette. Quant à Mme Irudy, elle s'était retournée vers une image pieuse fixée au mur par des punaises :
« Sainte Rita, pria-t-elle à voix basse, protégez cette charmante petite fille, et faites que sa famille ait toujours aussi faim! »
Djû venait de terminer de découper les franges des dix balais qu'il avait achetés à l'épicerie.
Il les colla adroitement sur une large bande

d’albuplast qu’il entoura autour du cou de Bethsabée, puis recula de quelques pas pour contempler son œuvre :

« Qu’est-ce que tu en penses, Pat? »

Patrick se mordait désespérément les lèvres pour ne pas rire :

« Navré, Djû, mais même en y mettant beaucoup de bonne volonté, elle n’a pas l’air d’un lion. Enfin, pas *vraiment...* On dirait plutôt un chien-clown ! »

Il en fallait davantage pour décourager Djû.

« Très bien, dit-il, je vais modifier les affiches dans ce sens-là. »

Il s’empara d’un énorme feutre et s’approcha des cartons blancs sur lesquels il avait inscrit en lettres rouges :

« Chien-clown, dit-il en corrigeant, c’est peut-être même plus excitant que chien-lion. »

Perplexe, Ellen regardait alternativement la chienne et les affiches :

« Chien-clown ou chien-lion, qu’est-ce que tu

espères que Bethsabée va être capable de réussir? Elle n'a jamais été fichue d'attraper un sucre au vol! »

Djû eut un petit rire qui ressemblait au pépiement d'un oiseau :

« Fais-moi confiance, Ellen! Aucun cirque n'a jamais présenté un numéro de la classe de celui-là... »

La fillette suivait des yeux Bethsabée qui, agacée par les franges de balais qu'on lui avait mises autour du cou en guise de crinière, était en train de sautiller sur place d'une manière parfaitement grotesque. En vérité, un éléphant saupoudré de poil à gratter aurait sans doute montré plus de grâce...

« On aurait intérêt à quêter *avant* le spectacle, murmura Ellen.

– Ce que tu es pessimiste! protesta Djû. Je te dis que ça va être un triomphe. Dans quelques heures, on sera riches. »

Ellen jugea plus charitable de ne pas répondre, afin de laisser à Djû toutes ses illusions.

Elle se glissa sous la tente où l'attendait Patrick, un couteau à la main pour l'aider à tartiner les sandwiches qui seraient vendus aux spectateurs...

Si ces spectateurs, devant le spectacle sans doute lamentable qu'on allait leur proposer, avaient encore assez d'appétit pour acheter des sandwiches!

Patrick devina les sombres pensées de sa sœur :

« On ferait peut-être mieux, en effet, de leur vendre des tomates bien mûres et des œufs pourris. Ça, je suis sûr qu'ils se battraient pour en acheter et pour nous les lancer! »

***

Il était près de vingt heures quand les enfants, remorquant une Bethsabée d'une humeur massacrante qui se tortillait dans tous les sens, firent leur apparition au milieu de la clairière dîte « Clairière des Chênes » qui s'ouvrait à quelque trois cents mètres du village.

Le petit bourg ne possédant pas de salle des fêtes, c'est là qu'avaient lieu les meetings politiques, la distribution des prix, l'élection de la reine de beauté locale et la foire aux veaux.

Une quarantaine de spectateurs étaient déjà assis sur les troncs d'arbres et sur les souches qui remplaçaient les fauteuils.

« Il est encore temps de renoncer, Pat! chuchota Ellen à l'oreille de son frère. Il y a des groupes de rock très célèbres qui déclarent forfait à la dernière minute, après tout... »

Du regard, Patrick fit le tour de l'assistance.

Les gens semblaient légèrement déconcertés, ils tendaient le cou, scrutaient les profondeurs de la forêt pour s'assurer que ce n'était pas une blague, qu'ils avaient bien devant eux la troupe du Clan du Chien bleu au grand complet.

Quelqu'un remarqua soudain à haute voix que ce fameux Chien bleu – *dont la réputation s'étend jusqu'aux terres lointaines du Labrador,* proclamaient les affiches – tirait nettement sur le rouquin. Donc, il y avait déjà tromperie sur la marchandise.

« Tu vois, insista Ellen, ça commence mal! »

Djû s'approcha de sa sœur :

« Pas de panique, tu veux? Je vais les mettre dans ma poche. Occupe-toi de tes sandwiches et laisse-moi opérer! »

Tirant et poussant Bethsabée, le petit Cambodgien gagna le centre de la clairière. Avec une révérence impeccable, il salua le public :

« Mesdames et messieurs, ne vous fiez pas aux apparences, commença-t-il. Cet animal étrange que vous pouvez admirer va exécuter devant vous des tours extraordinaires...

– Là, il exagère! » murmura Ellen en s'avançant vers les spectateurs avec son panier de sandwiches.

Mais Djû continuait, indifférent aux quolibets :

« Mlle Bethsabée Carpenter, surnommée le Chien bleu, va commencer son récital par un saut périlleux. Mais attention, cher public! Un saut périlleux arrière et sans élan! »

Ellen, maintenant, ne cherchait même plus à comprendre. Sa conviction était faite : Djû s'était trop longuement exposé au soleil, il avait écopé d'une belle insolation et il était devenu fou. Car depuis que Bethsabée était entrée dans la famille, on ne l'avait jamais vue tenter le moindre saut périlleux!

Quand il lui arrivait de sauter, c'était après une mouche. Et d'habitude elle ratait la mouche, s'écrasait par terre et filait en poussant des gémissements épouvantables.

Djû ne pouvait *raisonnablement* espérer que Bethsabée allait réussir un saut périlleux. Surtout en arrière et sans élan...

D'ailleurs, la chienne n'essaya même pas.

Djû cria :

« Hop! »

Aussitôt Bethsabée s'assit sur son derrière puis se mit à renifler bruyamment : elle venait de repérer, parmi le public, une femme qui mangeait un des sandwiches préparés par Ellen et Patrick.

De nouveau, Djû cria :

« Hop, Bethsabée! Saut périlleux! »

La chienne se leva cette fois et, d'un air décidé, s'avança vers la femme au sandwich. Là, elle s'assit à nouveau sur son derrière, prit une pose qu'elle estimait irrésistible, commença à baver, laissa échapper une série de cris plaintifs et attendit qu'on lui jette un morceau de sandwich.

Ellen aurait voulu rentrer sous terre. Quant à Patrick, le nez en l'air, il essayait de s'intéresser au travail d'un petit oiseau qui construisait son nid.

Les spectateurs se dévisageaient, incrédules.

Seul un très vieux berger, qui avait une barbichette blanche et pointue comme celle d'un bouc, fit entendre un curieux petit rire.

Djû, lui, semblait enchanté de lui-même et de sa vedette.

« Eh bien, déclara-t-il sans se troubler, je m'y attendais! Un seul saut périlleux, c'est trop facile pour Bethsabée. Elle veut passer immédiatement aux exercices les plus difficiles. Ce n'est donc pas un saut périlleux qu'elle va tenter, mais deux... »

Djû salua, à droite, à gauche.

Puis il donna quelques petites tapes amicales à Bethsabée :

« Vas-y, ma grande! Double saut périlleux! Et toujours en arrière et sans élan, naturellement! »

La chienne accorda à Djû un regarda poli.

Ensuite, d'un bond, elle s'élança.

Pas pour risquer son double saut périlleux, mais pour se jeter voracement sur le sandwich que tenait la femme qu'elle avait repérée. Elle arracha le sandwich et se rassit pour le déguster paisiblement.

Du coup, le vieux berger à la barbiche de bouc se mit à trépigner, en criant que ça lui rappelait sa jeunesse.

« Formidable! disait-il. Moi aussi, j'ai eu dans le temps un chien presque aussi stupide que celui-là! Ah, je ne croyais pas que ça existait encore, des fichues bêtes comme ça!

– Ce n'est rien! assura Djû avec modestie. Notre Chien bleu peut faire mieux. Par exemple, jongler avec un ballon comme un phoque. »

Il fit rebondir une balle en caoutchouc, la lança vers la chienne. Bethsabée regarda la balle rouler vers elle, abandonna un instant le sandwich dont elle se régalait, creva la balle d'un coup de dents, récupéra sa friandise.

Le vieux berger était au comble de la joie.

« On s'y croirait! s'exclamait-il. Mon chien aussi faisait comme ça. Un fieffé imbécile! Mais il n'était pas aussi minable que ce chien-là, non! celui-là bat tous les records... »

Dans son enthousiasme, sa barbiche blanche se redressait presque jusqu'à lui chatouiller les trous de nez.

Alors, d'autres spectateurs se mirent à rire, eux aussi.

Même à la télévision, disaient-ils, on n'avait jamais vu un numéro aussi totalement loupé. Et pourtant, certains soirs devant le petit écran, c'était la franche rigolade – par exemple quand des messieurs horriblement prétentieux et ennuyeux s'injuriaient parce que les uns prétendaient que Jules César avait eu la varicelle à l'âge de huit ans et que les autres affirmaient que c'était à onze ans...

Le maire du village, quant à lui, était formel : sauf peut-être le jour où il était passé à travers une estrade vermoulue en plein milieu de son discours, il ne se rappelait pas avoir vécu quelque chose d'aussi ridicule.

Il s'en étranglait de rire, et tout son conseil municipal avec lui.

Pendant encore une trentaine de minutes, Djû, sérieux comme un pape, annonça des tours et des prodiges que Bethsabée, avec un entêtement rare, se refusait à accomplir.

C'est bien simple : elle se levait quand on lui demandait de se coucher, aboyait lorsqu'on la priait de se taire, fonçait à droite quand on lui commandait d'aller à gauche.

L'assistance, prise de fou-rire, applaudissait à chaque nouveau fiasco.

Et quand Djû annonça que la représentation était terminée, le public trépigna et hurla : « Encore, encore...! »

« Impossible notre vedette est fatiguée, chers amis », affirma Djû en montrant Bethsabée qui, pour une raison tout à fait mystérieuse, tournait à présent sur elle-même comme une toupie en essayant de se mordre le queue.

Ellen circula parmi les spectateurs pour faire la quête dans un bol.

Quelques piécettes y tombèrent...

Le Clan du Chien bleu compta dans l'intimité ce que lui avait rapporté le spectacle... Il manquait beaucoup pour régler la note du boucher, le lendemain.

Tant pis! L'argent de poche des vacances y passerait. Mais l'opération « sauvetage de la louve » allait réellement commencer.

VI

Djû s'immobilisa soudain.

Un vent aigre secouait les arbres dont les troncs étaient encore luisants de l'humidité laissée par la pluie tombée pendant la nuit sans discontinuer. En quelques heures, des colonies de champignons blanchâtres et mous avaient surgi de l'humus, parfumant le sous-bois d'une entêtante odeur de cave.

Le petit Cambodgien tourna vers Patrick un visage contrarié :

« Regarde... »

Il désignait à son frère des empreintes qui n'étaient pas celles d'un animal, mais d'un groupe d'hommes chaussés de gros souliers de marche.

« Des touristes? » suggéra Patrick.

Djû fit non de la tête :

« Le G.R.[1] passe beaucoup plus haut. Si tu

1. Abréviation de sentier de grande randonnée.

veux mon avis ce sont les braconniers de l'autre nuit. Pourvu qu'ils n'aient pas découvert la tanière. »

L'enfant s'accroupit sur les talons. Pendant de longues minutes, silencieux, il étudia les traces. Puis il se releva :

« Ils ont un chien avec eux. La viande qu'on apporte à la louve depuis trois jours doit laisser une piste plutôt odorante, leur bête n'a eu aucune difficulté à la suivre.

– Continuons, décida Patrick. Mais à travers bois. Soyons sur nos gardes, ces gens-là ne m'inspirent pas confiance... »

En approchant du repaire de la louve, ils remarquèrent que les broussailles avaient été piétinées.

« Cette fois, chuchota Djû, c'est sûr : ils sont venus. »

Il se baissa, ramassa un objet qui brillait sous un lacis de ronces :

« Une douille! Ils se sont servis de leurs armes. »

Ellen laissa échapper une exclamation de colère :

« Et tu crois qu'ils auraient osé tuer les louveteaux?

– On le saura en allant voir », dit Djû.

Se coulant parmi la végétation touffue, il se dirigea vers la fente sombre qui s'ouvrait dans le rocher.

Brusquement, alors qu'il émergeait du sous-bois, il sentit un regard posé sur lui.

Il aperçut, pratiquement sous son nez, une paire de bottes maculées de boue.

« Qu'est-ce que c'est que ce petit serpent? fit une voix goguenarde. Moi, les petits serpents, je les écrase. Comme ça... »

L'une des bottes frappa violemment le sol, éclaboussant Djû de terre mouillée.

Humilié et furieux, Djû se redressa d'un bond...

Pour se trouver face à Hernandez, le braconnier qui avait donné un coup de pied à Bethsabée.

L'homme mâchouillait un de ses cigares tordus, et paraissait enchanté de cette rencontre :

« Mais on dirait que ce n'est pas un serpent...? Plutôt une espèce de miniature de singe jaune, je crois! Est-ce que ça s'écrase aussi sous le talon, ces bestioles?

– Qu'est-ce que je vous ai fait? siffla Djû comme un chat en colère. De quel droit m'insultez-vous? Du droit du plus fort, hein? Méfiez-vous, mon vieux!

– C'est à toi de te méfier, sale gamin », gronda Hernandez en empoignant son fusil.

Instinctivement, Djû leva les bras en l'air. Ce qui fit rire le braconnier.

« Ça va bien, bébé! Tu ne crois pas que je vais tirer sur toi, des fois? Je ne suis pas un assassin, moi. Mais si vous ne déguerpissez pas tout de suite, toi et les deux autres, je te caresserai le dos de quelques bons coups de crosse dont tu te souviendras.

– Laissez-moi passer», dit Djû avec entêtement.

L'homme, du canon de son arme, montra la tanière :

« C'est là-dedans que tu veux aller? Y a plus rien à voir. Mes amis et moi, on a fait le ménage.

– Vous les avez... tués? »

Hernandez haussa les épaules :

« On a juste tiré en l'air pour faire fuir la mère. Pour pouvoir travailler tranquillement, tu piges? A cette heure, les louveteaux sont sans doute en route pour un zoo des environs de Madrid. Un zoo privé, ça rapporte davantage. »

Tout d'abord, Djû ne trouva rien à répondre. Il imaginait les petits loups enfermés dans des caisses clouées, à bord d'un camion bringuebalant sur une route torride.

« C'est un meurtre, dit-il enfin. Ils n'arriveront pas vivants. Ils n'étaient même pas sevrés. Sans leur mère, ils mourront.

– Qu'est-ce tu veux que ça nous fasse? marmonna l'homme. Le type pour qui on travaille paye d'avance, et il paye bien. C'est notre métier, d'attraper des bêtes sauvages. Un métier pas très officiel, d'accord, mais qui rapporte gros. Et c'est ça le principal...

– Et la louve, vous allez l'abattre?

– Dès qu'elle montrera le bout de son vilain museau. »

Djû avait déjà pris sa décision. Mais il se rappela qu'il n'était pas correct de déclarer la guerre sans les sommations d'usage.

Aussi, avec un calme étonnant, prévint-il Hernandez :

« Ça, je vais vous en empêcher.

– Vraiment? ricana l'homme en rallumant son cigare.

– Oui », dit tranquillement Djû.

Il se tourna vers la lisière de la forêt, enfonça deux doigts dans sa bouche et siffla.

La réponse ne se fit pas attendre : dans un grand froissement de broussailles arrachées, une sorte de bombe hurlante jaillit du sous-bois.

C'était Bethsabée.

D'un geste rapide, Djû lui désigna Hernandez et cria :

« Attaque! Attaque, mon chien! »

Bethsabée ne se le fit pas dire deux fois. Ça, au moins, c'était un ordre clair, net, à sa portée – pas comme ces histoires farfelues de sauts périlleux, l'autre soir!

La boxer s'envola littéralement et, de toute la force de ses trente kilos, percuta le thorax du braconnier. Sous la violence du choc, sans même avoir eu le temps de mettre la chienne en joue, Hernandez culbuta sur le dos.

Au cours de l'attaque, un déclic avait joué dans la mémoire infaillible de Bethsabée. Elle avait reconnu l'homme qui l'avait gratifiée d'un coup de pied, et elle avait décidé de lui faire payer sa méchanceté. Les babines retroussées sur une ran-

gée de crocs à rendre jaloux un crocodile, elle demeura collée sur la poitrine d'Hernandez, menaçant de lui ouvrir la gorge.

Djû connaissait parfaitement la jeune chienne : tant qu'il ne lui donnerait pas l'ordre de mordre, Bethsabée se contenterait de clouer son adversaire au sol en grondant comme si elle était prête à le dévorer.

Mais si Djû le voulait, et seulement à ce moment-là, la boxer pouvait se transformer en égorgeuse. C'était d'ailleurs une des raisons pour lesquelles les parents des enfants les laissaient camper sans eux, à condition que Bethsabée ne les quitte pas.

Djû sourit en songeant à la terreur que devait éprouver le braconnier. Il se recroquevillait, renonçant à lutter, son visage déjà tout gluant de la bave de la chienne.

Alertés par les grondements menaçants de Bethsabée et les cris affolés d'Hernandez, Patrick et Ellen sortirent à leur tour du sous-bois.

« Lâche, Bethsabée ! » ordonna aussitôt Patrick.

Avant d'obéir, la chienne regarda vers Djû. Le petit Cambodgien appuya l'ordre de son frère :

« Tu peux le lâcher ! »

Bethsabée lança un dernier aboiement furibond, et libéra son prisonnier. Celui-ci, tremblant de tous ses membres, sa chemise en lambeaux, la poitrine griffée, se releva péniblement.

Il faillit même en oublier de ramasser son fusil.

« On se retrouvera, menaça-t-il d'une voix rauque. Emilio vous fera payer ça... »

⁂

Après avoir exploré la tanière et constaté qu'Hernandez n'avait pas menti – les louveteaux avaient effectivement disparu – les enfants discutèrent de ce qu'il y avait de mieux à faire.

« Il faut espérer que les petits loups s'en tireront, dit Djû. On ne peut rien tenter pour eux.

– Même pas prévenir les gendarmes? fit Ellen.

– A l'heure qu'il est, le camion qui les emmène a dû passer la frontière espagnole.

– Reste la louve elle-même », dit Patrick.

Djû montra les abords saccagés de la tanière :

« Ça sent l'homme, par ici. Et elle doit savoir qu'on lui a kidnappé ses petits. Elle ne reviendra peut-être pas. Elle va errer dans la montagne. Et attaquer de nouveau les troupeaux!

– Est-ce que tu veux dire que la situation est sans issue? interrogea Ellen en caressant Bethsabée dont le poil restait hérissé de colère. Et qu'on s'est donné tout ce mal pour rien? »

Elle pensait aux kilos de viande que, chaque jour, les enfants montaient de la vallée jusqu'à la tanière.

Djû réfléchit quelques instants.

« Il y a encore une chance, suggéra-t-il enfin. Il

existe une réserve, à plusieurs heures de marche d'ici. Là-bas, la louve trouverait à se nourrir. Et surtout, elle serait protégée.

– Tu comptes lui faire savoir comment? En lui passant un coup de téléphone, peut-être? »

Cette forme d'humour grinçant était chez Ellen le signe qu'elle commençait à se décourager.

Patrick prit sa sœur par les épaules :

« Laisse finir Djû, poussin, il a sûrement un plan.

– J'en ai un, avoua le petit Cambodgien. Mais il est risqué.

– Pour la louve?

– Pour elle et pour nous. »

Il leva la tête, regarda le ciel à travers les branches des grands arbres.

Des nuées livides couraient, sous une masse de nuages compacts et d'un gris plombé. Les oiseaux se taisaient. De temps à autre, dans le lointain, on entendait un sourd fracas.

Un orage se préparait.

« Pour nous surtout, reprit Djû, c'est risqué!... »

***

« Du calme, Sendoa! murmura Zuri. C'est le vent, rien que ce fichu vent. »

Mais le chien s'était levé. Il gémissait et grattait contre la porte de la petite cabane dont certaines planches, mal assujetties, laissaient passer le souffle des rafales qui prenaient la montagne à revers.

Le jeune berger aimait cet abri de bois dont il avait fait son royaume. Pauvre royaume pourtant, constitué de quelques lattes grossièrement équarries, d'un toit de pierres plates, d'un semblant de cheminée où se consumait doucement un feu de souches. Une collection de clichés, découpés dans des magazines, décorait vaille que vaille les murs noircis par la fumée. Un curieux mélange de photos, d'ailleurs, où les mariages princiers voisinaient avec des images d'avions supersoniques ou des stations orbitales.

Ça, c'était tout Zuri : un garçon fasciné par les traditions, et qui croyait en l'avenir. Il pensait que le plus mauvais moment du monde était celui qu'on était en train de vivre. Que les choses avaient été belles autrefois, qu'elles redeviendraient belles demain.

Il serait encore là pour les voir, les choses de l'avenir! Il serait encore jeune, en l'an 2000...

Cette fois, Sendoa grondait vraiment. Intrigué, Zuri repoussa sa couverture et se leva de sa couchette.

Il colla son front contre l'unique carreau de la cabane.

Dans leur enclos, les moutons dormaient, serrés les uns contre les autres comme toujours quand il y avait de l'orage. Ça donnait l'impression d'un bout de mer où la laine figurait les franges, les aigrettes de l'écume.

Au loin, les éclairs révélaient les masses déchiquetées du massif. Parfois, sur une pente, quelque chose s'enflammait comme une allumette et brûlait en jetant une lueur d'or : un arbre touché par la foudre.

Entre la muraille montagneuse et le vallon où se dressait sa cabane, Zuri distingua soudain des silhouettes rabougries, bizarrement cassées en deux, qui luttaient contre la fureur du vent.

« Encore des touristes inconscients, pensa-t-il. Et demain il faudra envoyer l'hélicoptère de la gendarmerie à leur recherche... »

Furieux contre ces imprudents qui, sans réfléchir, faisaient prendre des risques aux autres, Zuri contourna la table qu'il s'était taillée lui-même dans une énorme souche de chêne et alluma trois lampes à pétrole qu'il disposa contre la vitre.

De loin, la cabane aurait ainsi des allures de phare sur l'océan. Les touristes se dirigeraient droit sur elle et Zuri pourrait leur indiquer le chemin du retour.

Il caressa affectueusement son chien :

« Merci pour eux, Sendoa. Moi, je ne m'étais aperçu de rien. »

Il bâilla, regarda sa couchette avec regrets :

« J'étais parti pour une bonne nuit, pourtant... »

Devinant que les randonneurs égarés auraient besoin de réconfort, il raviva son feu et, à même les braises, posa un chaudron où restait encore un peu de bouillon.

Après quoi il s'assit sur un tabouret et attendit les naufragés.

De longues minutes s'écoulèrent, puis on frappa à la porte de la cabane.

Grande fut la surprise du berger en reconnaissant sur le seuil, ruisselants de pluie, Patrick, Ellen et le petit Djû!

D'autant qu'ils n'avaient pas du tout l'air de gens perdus, et riaient de la stupéfaction de leur ami.

« On vient faire une surprise-partie, lança Ellen en s'ébrouant. Tu as des chouettes disques, j'espère?

– Mais si tu préfères, enchaîna Djû, on peut aussi prendre un bain de minuit. Avec ce qui tombe dehors, c'est facile! »

Bethsabée et Sendoa étaient déjà occupés à se flairer mutuellement, en poussant des jappements de joie.

Sans un mot, Zuri referma la porte.

Puis, désignant l'intérieur de la pauvre cabane d'un geste de seigneur :

« C'est chez moi. C'est-à-dire chez vous... »

*
**

Zuri n'était pas riche, loin de là. Pour garder ses moutons, son oncle ne lui accordait que quelques centaines de francs par mois.

« Quand je mourrai, disait l'oncle, le troupeau sera à toi, Zuri. Chaque billet que je ne te donne pas me sert à acheter une nouvelle bête. Si tu maigris un peu, ton héritage, lui, grossit. »

Le jeune berger ne se plaignait jamais : s'il n'avait pas de quoi s'offrir le transistor dont il rêvait, au moins menait-il une vie libre, dans un paysage libre lui aussi et grandiose par-dessus le marché.

Sachant que son avenir était assuré, il savourait pleinement chaque minute qui passait – certain que plus tard, quand il serait propriétaire de la ferme de son oncle, il y aurait bien des jours où il regretterait ces étés dans la solitude de la montagne.

C'est ce qu'il était en train d'expliquer à Djû, qui l'approuvait gravement en dévorant un fromage de brebis étalé sur une tranche de pain, lorsque Patrick intervint :

« Plus je t'écoute, Zuri, plus je suis sûr que tu es celui qu'il nous faut.

– Tu as besoin de moi? » s'étonna le berger.

En quelques mots, l'aîné des Carpenter expliqua ce qui s'était passé à la tanière. Au fur et à mesure qu'il parlait, le regard de Zuri, si doux d'habitude, se faisait dur.

« Pourquoi avez-vous laissé filer cet Hernandez? dit enfin le jeune berger.

– Bah! Un jour ou l'autre, on le prendra en flagrant délit de braconnage.

– Auparavant, affirma Zuri, il tuera la louve! Cette bête a attaqué mes moutons, pour sûr, et je voulais l'abattre. Mais grâce à ton idée de lui porter de la viande à domicile, elle se tient tranquille. Et ça me dégoûte qu'on veuille massacrer une bête devenue inoffensive... Mais le restera-t-elle longtemps?

– Justement! Nous sommes venus te voir à cause de ça, reprit Patrick. Il faut coûte que coûte introduire cette louve dans la réserve. »

Zuri réfléchit quelques instants. Puis il secoua la tête :

« Impossible, Pat! Les animaux qui vivent dans la réserve y étaient déjà quand on a créé la zone. Ou bien, on les y a amenés.

– C'est à ça qu'on pensait », dit tranquillement Djû en chipant un second fromage.

Stupéfait, Zuri contempla le Clan du Chien bleu :

« Rien que ça? Trimbaler une bête sauvage sur une distance pareille, avec les risques d'éboulements et les névés[1] qui en cette saison sont traîtres comme tout? »

Le berger se leva, s'approcha d'une carte épinglée au mur :

« La voilà, la réserve. Et nous, on est ici. Vous voyez le trajet que ça représente? Et puis, il faut retrouver la louve. La capturer... Non, je vous assure, impossible. Même des professionnels hésiteraient.

– Mais, dit avec douceur Ellen, on vaut mille fois mieux que des professionnels, Zuri, parce que nous, on ne fait pas ça pour du fric. On le fait seulement parce qu'on aime les bêtes. »

Pour un bon argument, c'était un bon argument. Convaincrait-il un garçon pratique et réaliste comme Zuri?

Ellen comprit que ça risquait de ne pas suffire. Alors elle se leva à son tour, rejoignit le berger près de la carte. Elle mit les mains sur les épaules de Zuri et murmura :

« Si tu nous aidais quand même? Si tu essayais, un peu pour la louve et... et aussi parce que c'est moi qui te le demande? »

Le garçon soupira.

Alors, Ellen sut qu'elle avait gagné. Du moins la première manche.

1. Les névés sont des masses de neige durcie.

VII

Bien calfeutrés dans la cabane de Zuri tandis que l'orage se déchaînait au-dehors, les Carpenter passèrent une nuit courte mais réconfortante.

Au petit déjeuner, affamés par leur longue marche de la veille, ils se régalèrent de fromages de brebis frais, onctueux à souhait.

Puis Patrick distribua les rôles :

« Djû, tu te charges de pister la louve et de repérer son nouveau gîte. Avec toute l'eau qui est tombée cette nuit, les empreintes doivent être visibles. Naturellement, tu emmènes Bethsabée avec toi. »

Enchanté de cette mission, Djû passa son collier à la chienne. Celle-ci se laissa « habiller » sans montrer l'enthousiasme habituel et prit un air plutôt dépité : il était clair que la compagnie de Sendoa lui plaisait infiniment. Beaucoup plus, assurément, que la perspective d'une randonnée sur des sentiers caillouteux, dans la montagne où rôdaient encore des nuées basses et sombres.

Le chien de Zuri semblait d'ailleurs du même avis que la petite boxer. Il tournait autour d'elle, lui retroussant la truffe à grands coups de langue, lui mordillant affectueusement les oreilles. Comme pour dire : « Nous venons à peine de faire connaissance, nous nous plaisons beaucoup, et vous voulez déjà nous séparer? »

Indifférent au manège des deux chiens, Patrick poursuivit :

« Pour l'instant, Ellen restera à la cabane et surveillera le troupeau avec Sendoa. Zuri et moi, nous nous attaquons à la fabrication d'un piège pour capturer la louve, et d'une cage pour la transporter jusqu'à la réserve.

– D'accord, dit Zuri. Mais on ne pourra poser le piège que lorsque Djû aura localisé la bête. Si tu veux bien, on commence par la cage. »

Il se tourna vers Ellen :

« Il faut qu'on aille jusqu'à la forêt abattre de petits arbres souples. Ça peut nous prendre toute la journée. Tu crois que tu seras capable de traire les brebis, si je ne suis pas rentré à temps? Tu n'as pas à avoir peur, il n'y a pas de béliers en ce moment. »

Ellen regarda les moutons qui broutaient paisiblement. Ils avaient l'air de grosses boules de laine. Elle ne voyait pas trop ce que cela pouvait avoir de difficile que de traire une de ces boules de laine :

« Aucun problème, affirma-t-elle.

– Tu ne veux pas que je te montre? » proposa Zuri.

Ellen haussa les épaules.

Pour qui la prenait-il? Pour une de ces mijaurées de la ville, à peine capable de distinguer un épi de maïs d'une fleur d'artichaut?

Zuri n'insista pas, mais une lueur amusée passa dans ses yeux :

« Enfin, si quelque chose ne va pas, j'ai une copine qui garde aussi des moutons dans un pâturage, tout près. Tu n'auras qu'à dire à Sendoa : « Va chercher Domeka! » C'est une fille épatante. »

Ellen ne répondit pas.

Mais elle se jura d'éviter l'aide de cette Domeka – dont Zuri, pensait-elle, prononçait le nom avec un enthousiasme vraiment excessif...

*
**

La forêt restait étrangement silencieuse. Les rares oiseaux qui passaient d'un arbre à l'autre se hâtaient de se blottir sous le couvert des feuillages encore lourds d'humidité.

« On n'en a pas fini avec l'orage, expliqua Zuri. Tout est trop calme. Tu vas voir, ça va recommencer à pétarader. »

A travers les branches il montra les hauts sommets couronnés de nuages crépusculaires qui paraissaient plus denses que les montagnes elles-mêmes :

« Ils font comme les Indiens dans les westerns :

une première attaque, et ils se replient pour refaire leurs forces. Je n'aimerais pas que ça éclate quand on sera en route avec la louve!

– On n'en est pas là, dit Patrick.

– Tu as raison. Occupons-nous de cette cage... »

Sur un morceau de papier, Zuri avait esquissé un projet astucieux. La partie inférieure de la cage serait constituée de longues branches recourbées en forme de patins, ce qui devait permettre à l'ensemble de glisser sur le sol à la façon d'un traîneau.

Toute la journée, s'arrêtant seulement pour se partager une miche de pain, quelques tomates juteuses et des oignons, les deux garçons sélectionnèrent puis coupèrent des tiges bien flexibles, aussi droites que possible.

« Essayons de faire quelque chose de solide, mais surtout de léger, recommanda le jeune berger. N'oublie pas qu'on va devoir tirer et pousser ce truc pendant des heures! Et peut-être dans la tempête.

– Arrête de voir les choses en noir! protesta Patrick.

– Je les vois comme elles sont, répliqua Zuri. Ou plutôt comme elles seront. La montagne, c'est sérieux. Quand elle gronde, tu ne t'en tires pas en croyant aux fées et en les appelant au secours. »

Il essuya le tranchant de sa hachette sur son pantalon, sourit :

« A propos de fées... Tu crois que c'est raisonnable d'emmener ta sœur dans cette expédition? »

Patrick lui rendit son sourire :

« Propose-lui de rester à la cabane pour jouer à la bergère, et tu verras!

– D'accord! fit Zuri d'un ton rêveur. Elle viendra. Et je la prendrai sous ma protection... »

Pendant que dans la forêt les deux garçons parlaient d'elle, Ellen Carpenter, les poings sur les hanches, un fichu rouge autour de ses cheveux blonds et les pieds plus qu'à l'aise dans les sabots empruntés à Zuri, regardait la trentaine de bêtes confiées à ses soins.

Elle les fixait de ce même air qu'avait, paraît-il, Napoléon observant le soleil qui montait sur Austerlitz : un air conquérant.

De la main, elle flatta Sendoa qui se frottait contre ses jambes :

« Tu vas voir comment je vais régler cette affaire, moi! »

Elle se baissa, empoigna les seaux dans lesquels elle prévoyait de récolter le lait. Puis chantonnant un petit refrain allègre, elle s'avança vers le troupeau.

Sans hésiter, plongeant ses doigts dans l'épaisse toison, elle immobilisa le premier animal qui passait à sa portée.

Assis sur son derrière, remuant la queue à toute vitesse, Sendoa considérait Ellen avec un profond intérêt. Il se demandait sans doute ce qui allait arriver maintenant. Car le chien avait remarqué une chose qui n'avait même pas effleuré la fillette : la bête qu'Ellen s'apprêtait à traire n'avait pas de pis, pour la raison que c'était un mouton et non pas une brebis. Or, rien ne ressemble plus à un jeune mouton qu'un autre jeune mouton...

Glissant la main sous le ventre de l'animal, Ellen comprit d'ailleurs assez vite ce qui n'allait pas. Légèrement vexée, elle appliqua une bonne claque sur les fesses du mouton qui se sauva en poussant des bêlements lamentables.

« Pas malin, ça! conclut Ellen. Zuri aurait dû faire des marques. Comment est-ce que je vais reconnaître les mâles des femelles? Je ne vais quand même pas les examiner un à un! »

Elle décida de s'en remettre au hasard.

Dans la vie, d'une manière générale, Ellen avait de la chance. Alors, c'était bien le diable si elle ne finissait pas par tomber rapidement sur une brebis!

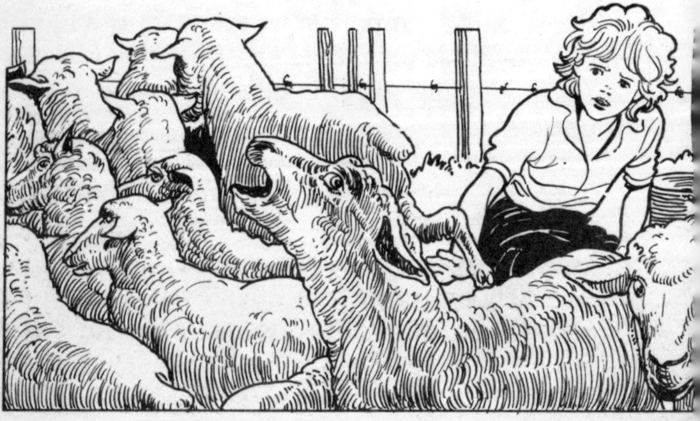

Mais ce jour-là, justement, le diable devait s'en mêler. Car les sept premières bêtes qu'Ellen réussit à capturer pour vérifier à quel sexe elles appartenaient, étaient des mâles. Et ils parurent ne pas apprécier à sa juste valeur la peine que se donnait la nouvelle bergère pour les examiner. Comme le premier, ils se mirent à bêler sur un ton qu'Ellen jugea parfaitement criard et désagréable.

Du coup, les autres animaux du troupeau refusèrent avec obstination de se laisser approcher.

Dès qu'Ellen posait un regard sur une bête, celle-ci s'empressait de décamper et d'aller se réfugier à l'autre bout de la pâture.

Agacée, Ellen se pencha vers Sendoa :

« Tu ne peux pas faire quelque chose, toi, au lieu de rester bêtement planté là? Tu es chien de berger, ou quoi? »

Sendoa n'hésita pas. Il s'élança en aboyant comme un forcené, fit mine de mordre deux ou

trois moutons, et réussit en quelques secondes à rassembler les boules de laine en une sorte de gros tas craintif.

« Parfait! dit Ellen. Maintenant, je peux travailler. »

Mais aussitôt qu'elle s'avança vers les moutons, ils se dispersèrent en recommençant à bêler.

Découragée, Ellen renversa un des ses seaux et s'assit dessus. Il y avait sûrement une solution. Mais laquelle?

Elle devait trouver. Elle ne supportait pas l'idée d'avouer à Zuri un échec aussi cuisant. Il ne manquerait pas de se moquer d'elle. Rien que d'y penser, la fillette en avait les larmes aux yeux.

Sans compter qu'il était plutôt humiliant pour l'un des membres du Clan du Chien bleu d'être ainsi vaincu par de stupides moutons... Même si ces derniers avaient largement l'avantage du nombre.

Elle en était là de ses amères réflexions, lorsqu'une voix claire s'écria joyeusement.

« Hé! Tout va bien? »

Ellen tourna la tête.

De l'autre côté des barbelés, une jeune fille en robe de cotonnade rouge brodée d'un semis de petites fleurs ravissantes l'observait en souriant. Elle était aussi brune qu'Ellen était blonde. Elle avait des yeux gris pétillants de malice et des dents très blanches, régulières, sauf les deux de devant un peu écartées.

« Tout va très bien », répliqua Ellen avec humeur.

Quelque chose lui disait que cette jeune fille n'était autre que la fameuse Domeka, qui semblait tellement plaire à Zuri.

« Est-ce que tu t'entends, avec Sendoa? demanda l'arrivante. Des fois, il a un caractère de cochon!

– Avec moi, il est doux comme un agneau.

– Tant mieux », dit Domeka.

Elle eut un petit rire frais, ajouta :

« Il y a cinq minutes que je t'observe. Qu'est-ce que tu essayes de faire, exactement?

– Moi? Rien... Je joue avec les moutons. »

Brusquement, elle se rendit compte qu'il était inutile de se draper dans sa dignité. Alors d'un ton misérable, elle avoua :

« En réalité, je dois traire les brebis.

– Je comprends, fit Domeka en riant à nouveau. Zuri m'a parlé de toi, en allant vers la forêt. Il m'a dit de passer voir si tu n'avais pas besoin d'un coup de main. Des fois que... »

« Le traître! » pensa Ellen avec rage. Le jeune berger avait donc seulement fait semblant d'avoir confiance en elle. Et il s'était empressé de prévenir son amie, se moquant qu'Ellen passe pour une idiote et une incapable aux yeux de la trop jolie Domeka...

Mais déjà, la jeune fille s'était glissée entre deux rangs de barbelés et courait vers Ellen, sa robe rouge volant autour d'elle comme un coquelicot.

Ellen esquissa un geste de refus :

« Non, non, je m'en sortirai toute seule!

– Ce sera plus gai à deux», dit gentiment Domeka.

De près elle était encore plus adorable.

La jeune fille en était à sa huitième, peut-être à sa neuvième brebis. Ellen ne comptait plus. Et elle n'avait toujours pas compris comment on reconnaissait à distance une jeune brebis d'un jeune mouton! Les béliers, au moins, elle aurait su rien qu'à leurs cornes.

De nouveau assise sur son seau renversé, en spectatrice forcée, elle ne pouvait s'empêcher d'admirer la sûreté des gestes de Domeka.

« Tu es douée! reconnut-elle.

– C'est mon métier, dit Domeka. Plus tard, s'il le veut bien, j'épouserai Zuri. A nous deux, on aura près de deux cents moutons. Ça commence à compter... »

Elle releva la tête, regarda les hautes cimes dont les contours sévères étaient comme adoucis par les nuées qui s'y accrochaient :

« On vivra là, dans la montagne. Pour rien au monde je ne quitterais ce pays.

– Zuri est d'accord pour se marier avec toi? » demanda Ellen, le cœur vaguement serré.

Une ombre passa dans les yeux gris de Domeka :

« Je n'en sais rien. Nous n'avons que quinze ans. Est-ce que c'est un âge pour parler de mariage?

– On peut être amoureux à quinze ans, affirma

Ellen. Et même avant, ajouta-t-elle avec conviction.

– Peut-être... Mais il faut avoir le temps. Les moutons, ça ne te laisse pas une minute de répit! Surtout quand, en plus, il y a les fromages à faire. »

Domeka libéra la brebis qu'elle venait de traire. Gourmande, elle trempa ses lèvres dans le lait tiède et mousseux.

Puis elle s'essuya la bouche du revers de la main :

« Je suis pressée que Zuri revienne de la forêt. Les bêtes ne sont pas dans leur état normal. Elles sont inquiètes. Comme si elles sentaient une menace.

– L'orage? »

Domeka hésita, puis :

« Le loup! Je suis sûre qu'il rôde dans les environs... » fit-elle.

⁂

La nuit venait rapidement.

Dans la cabane de Zuri, les deux filles préparaient le dîner. Domeka avait en effet décidé de rester près d'Ellen jusqu'au retour des garçons. A la fois pour parler au jeune berger, et aussi parce qu'elle devinait sa compagne mal à l'aise.

Ellen éprouvait des sentiments contradictoires à l'égard de Domeka. Elle était heureuse de la présence de la jeune fille et en même temps exaspérée à l'idée que, dès qu'il passerait le seuil,

Domeka se précipiterait sur Zuri pour l'accaparer.

Elle essayait de se persuader que c'était dans la logique des choses. Après tout, dans quelques jours, le Clan du Chien bleu devrait quitter les Pyrénées pour regagner Paris. Domeka et Zuri, eux, resteraient là. Alors, n'était-il pas normal qu'ils soient amis?

Soudain, Domeka saisit le bras d'Ellen et le serra très fort.

« Qu'est-ce qui te prend? commença-t-elle. Tu es... »

Elle s'interrompit net : de l'autre côté de la fenêtre, une silhouette grise s'avançait en rampant vers l'enclos des moutons.

Malgré l'obscurité qui gagnait, encore accentuée par des traînées de brume à ras de terre, on ne pouvait pas s'y tromper : cette silhouette était celle de la louve solitaire.

Devinant qu'Ellen allait hurler, Domeka lui appliqua une main ferme sur la bouche :

« Chut! Ça ne sert à rien de crier, il faut agir. Et vite! »

Lâchant Ellen, Domeka alla jusqu'à la porte.

« Non! supplia la fillette. Ne sors pas, Domeka! C'est trop dangereux! »

Les yeux de Domeka étaient toujours gris. Mais ce gris était maintenant aussi rude, aussi farouche que celui des rochers de la montagne.

« Ne crains rien, dit brièvement Domeka. Et quoi qu'il arrive, ne bouge pas d'ici. »

Elle entrouvrit la porte, se faufila silencieusement à l'extérieur.

Les moutons avaient repéré le loup. Ils se serraient misérablement dans un coin de leur enclos, se grimpant les uns sur les autres.

S'aplatissant sur l'herbe drue, indifférente aux pointes acérées qui lui écorchaient le dos, la louve franchit la ligne des barbelés.

Ensuite, elle se redressa.

Malgré la répulsion incontrôlable que le fauve lui inspirait, Ellen ne put s'empêcher d'admirer la bête dont les lignes pures et puissantes contras-

taient avec la masse désordonnée et tremblante des moutons.

Domeka, à son tour, pénétra dans l'enclos.

La louve la repéra aussitôt. Elle renversa la tête en arrière et jeta un long hurlement. Elle avertissait la jeune fille :

« N'approche pas davantage. J'ai faim, il faut que je mange. C'est pour moi une question de vie ou de mort! »

A l'intérieur de la cabane, Sendoa geignait comme s'il souffrait. De ses griffes usées par d'interminables courses à travers les pâturages, le chien grattait le plancher.

Ellen se demanda si elle n'allait pas le faire sortir, pour qu'il aille au secours de Domeka. Mais elle réfléchit rapidement que si Domeka l'avait laissé là, c'est qu'elle avait une bonne raison.

Du seuil de la cabane, Ellen regardait Domeka manœuvrer lentement de façon à se placer entre la louve et les moutons.

La bête, immobile, le museau bas, la suivait des yeux.

« Maintenant, murmura la jeune fille, si tu veux manger un mouton, il faudra d'abord que tu m'égorges. Et je te préviens, je me défendrai... »

La louve, s'aplatissant à nouveau, rampa en direction de Domeka.

Alors, Domeka fit quelque chose qui paraissait fou...

Elle se jeta à quatre pattes, à moins de trente mètres de la louve. Et elle se mit à aboyer comme un chien, poussant des cris rauques, sautillant sur ses bras repliés comme si elle allait bondir en avant.

La louve se figea sur place, déconcertée par cette métamorphose d'un être humain fragile, vulnérable, en quadrupède ivre de colère.

Elle ne comprenait plus...

Elle commença à reculer, la bouche écumante, la gorge pleine de grondements sourds.

Au fur et à mesure que la bête reculait, Domeka avançait, toujours à quatre pattes, aboyant de plus en plus férocement.

Ellen eut l'impression que ce terrible face à face durait d'interminables minutes. En fait, tout se joua en moins de vingt secondes.

Brusquement, la louve se redressa et, en trottinant comme un chien qu'on siffle, elle se dirigea vers les barbelés, dos à Domeka.

Un court instant, Ellen ferma les yeux et poussa un soupir de soulagement.

Quand elle releva ses paupières, la louve avait disparu. Domeka, seule au milieu de l'enclos, debout, un léger sourire aux lèvres, époussetait sa robe rouge coquelicot...

VIII

« ... et après elle a aboyé, et alors la louve a dû croire... Oh, je ne sais pas ce qu'elle a cru, mais moi je n'ai jamais vu quelqu'un d'aussi courageux que Domeka ! »

Ellen se tut, en panne de compliments.

Zuri se mit à rire, imité par Patrick et Djû qui n'avaient pas l'habitude de voir leur sœur, habituellement réservée, aussi enthousiaste.

Domeka rit aussi, mais d'un air gêné :

« Je n'ai rien fait d'extraordinaire, je vous assure !

– Que si ! » dit Patrick en la dévisageant avec attention.

Dans la cabane. à la lueur douce de la lampe à pétrole, ses cheveux sombres auréolés par le contre-jour du feu de bois, Domeka était vraiment ravissante.

Elle avait encore des lèvres enfantines, lisses, gonflées, d'un rose velouté. Mais son regard gris était déjà celui d'une femme, tendre et grave à la fois.

Patrick ne put s'empêcher de penser qu'aucune des filles qu'il avait connues jusqu'ici n'arrivait à la cheville de cette Domeka.

« En tout cas, s'exclama Djû, Bethsabée et moi nous avons couru la montagne pour des prunes! Dire que la louve était là, si près... »

Il tartina de miel une des galettes chaudes confectionnées par Domeka, l'engloutit, et interrogea, la bouche pleine :

« Quand va-t-on poser le piège, Pat? Il faut se dépêcher!

– Djû a raison, appuya Zuri. Si la louve se met à attaquer les troupeaux comme ça, pratiquement en plein jour, elle va se faire descendre. Tous les bergers ne sont pas comme Domeka, ils vont lui tirer dessus sans hésiter. »

Patrick ne répondit pas. Il réfléchissait. Djû et lui étaient fatigués par leur longue journée passée sur les hauteurs. Et puis, il y avait toujours la menace de l'orage qui tournait autour du massif et qui finirait par éclater à nouveau.

D'un autre côté, la louve se montrait de plus en plus téméraire. Comme l'avait souligné Zuri, elle s'exposait à la colère des autres bergers de la région.

Sans oublier Hernandez, qui avait juré de l'abattre.

Patrick se tourna vers Zuri :

« Qu'est-ce que tu penses de la météo?

– Incertaine », dit le garçon.

Il ajouta aussitôt, comme s'il devinait ce que Patrick avait en tête :

« Mais demain, ça peut devenir carrément catastrophique.

– Très bien, décida Patrick. Alors, c'est pour cette nuit... »

⁂

Légèrement sur leur gauche, en contrebas, les Carpenter pouvaient voir les enclos, celui de Zuri, celui de Domeka, et les silhouettes trapues des deux cabanes se détachant sur la zone plus claire des pâtures.

Derrière eux s'élevaient des parois rocheuses dont les arêtes terminales se perdaient dans une mer de nuages serrés, d'un violet agressif, qui s'illuminaient parfois du zig-zag d'un éclair isolé.

A trente mètres en face d'eux, au-delà d'un petit éboulis, on distinguait le piège destiné à la louve : un large nœud coulant posé sur le sol, relié à deux arbrisseaux.

En travers du passage, le jeune berger avait tendu tout un réseau de minces fils de nylon. Il suffirait que la bête en touche un pour qu'il cède, faisant alors se redresser brusquement les deux arbrisseaux qui fermeraient le nœud coulant.

Un agneau avait été attaché par une patte à une racine. Il servait d'appât, ce qui avait naturellement incité Ellen à taquiner Djû :

« Tu ne veux vraiment pas que je prenne sa place, dis? Je suis entraînée, maintenant! »

A quoi Djû avait répliqué, de l'air le plus sérieux du monde :

« Pas question, ma petite ! Finalement, tu n'es pas très douée pour ce genre d'exercice.

– Pas douée ? se récria Ellen, scandalisée. En quoi est-ce que je ne suis pas douée, s'il te plaît ? »

Patrick jugea bon d'intervenir :

« Ça suffit, vous deux ! On n'est pas au cirque. Cette nuit, on joue une partie plutôt compliquée. A présent, silence absolu ! »

Ellen et Djû échangèrent des regards aussi chargés d'électricité que le ciel au-dessus d'eux, mais cessèrent de se lancer des piques.

Imitant Patrick et Zuri, ils s'allongèrent à plat ventre sur le sol. Des graviers pointus leur entraient dans les coudes, dans les genoux, et des herbes courtes les chatouillaient. Bref, c'était très inconfortable.

Mais aussi, tellement passionnant !...

« Et si *elle* ne venait pas ? souffla Ellen au bout d'une demi-heure d'attente silencieuse.

– *Elle* viendra, dit à voix basse Zuri. Elle est désemparée parce qu'on lui a pris ses petits. Et elle a faim. »

Il se tourna sur le côté, pour observer les enclos : Sendoa et Bethsabée, couchés côte à côte, montaient la garde auprès des troupeaux.

Dans la vallée, très loin, la cloche d'une église sonna deux coups.

Comme en écho, un long hurlement retentit dans la montagne.

La louve...

Un frisson parcourut Ellen, du bas de la nuque jusqu'aux orteils.

« Plus un mouvement, plus un bruit! » ordonna Zuri.

Les yeux du jeune berger lui faisaient presque mal à force de les écarquiller.

Pourtant ce fut Djû qui, le premier, aperçut la bête.

Son pelage gris se confondait avec les broussailles bleuies par la nuit. Mais ses prunelles luisaient comme deux brandons.

Elle s'était immobilisée sur un replat rocheux, les pattes légèrement fléchies, la queue basse et hérissée. Sa gueule s'ouvrant et se fermant de manière saccadée : elle avait flairé, vu, entendu le petit agneau qui, de son côté, tirait convulsivement sur la corde qui l'attachait.

La louve avait déjà décidé d'attaquer. Mais, dans un dernier réflexe de prudence, elle scrutait la nuit, écoutait les bruits infimes de la montagne endormie. Son instinct, peut-être, lui suggérait que *quelque chose* n'était pas normal. Mais sa faim était si forte, exaspérée de surcroît par son échec de la soirée, qu'elle domina l'appréhension qui lui faisait battre le cœur.

Elle s'avança jusqu'à l'extrême bord du replat, s'appuya sur ses pattes comme sur des ressorts, libéra sa tension et bondit en avant.

Patrick vit sa silhouette tendue se détacher sur

le ciel d'orage, traversant l'espace comme un fabuleux et terrifiant animal volant.

Dans le centième de seconde qui suivit, la louve percuta l'invisible réseau des fils de nylon. Il y eut aussitôt un double sifflement, comme ferait un coup de fouet. Les petits arbres se redressèrent. Le nœud coulant se referma. La louve était prisonnière.

Comprenant qu'elle venait de tomber dans un piège, la bête poussa un cri rauque et bref, se

débattit. Prenant appui sur ses pattes postérieures, elle tira de toutes ses forces pour tenter de se libérer. Mais chaque effort qu'elle faisait resserrait davantage l'étreinte impitoyable du nœud coulant.

Lançant cette fois un long hululement lugubre, la louve se coucha sur le côté, les flancs soulevés de halètements saccadés.

On aurait dit qu'elle était soulagée que son histoire finisse, soulagée de pouvoir s'abandonner sans avoir à lutter davantage...

Les enfants ne bondirent pas tout de suite hors de leur cachette. Ils étaient impressionnés par la vision de cette bête puissante, encore très belle malgré sa maigreur, et qui ne voulait plus se battre.

Domeka fut la première à s'avancer vers la louve, une main tendue comme pour offrir une caresse :

« Tout doux, ma grande! On ne te veut pas de mal... »

Du bout des doigts, elle effleura le crâne. La louve tressaillit, gronda doucement, mais ne fit aucune tentative pour se relever.

« Elle croit que tu vas la tuer, dit Djû qui s'approchait à son tour. Elle accepte. La pauvre, elle est épuisée! »

La bête ne protesta même pas quand Zuri, vivement, lui ligota les pattes.

Il ne restait plus qu'à l'enfermer dans la cage que Patrick et le jeune berger avaient préparée.

*
**

Les premières heures furent les plus pénibles : malgré ses espèces de patins, la cage glissait mal sur le sol raviné par les pluies. Il fallait tout à la fois pousser et tirer, en prenant garde à ne pas faire basculer l'engin.

Malgré la fraîcheur de la nuit en haute montagne, garçons et filles se retrouvèrent vite en sueur.

Ellen voulait se défaire de sa veste en grosse laine, la suspendre à une quelconque branche basse et la récupérer au retour. Zuri l'en dissuada :

« La route la plus directe pour atteindre la réserve, c'est de passer par le col. Et là-haut, on trouvera des plaques de neige, de la glace. Un vent froid, en tout cas. Tu seras bien contente, alors, d'avoir gardé ta veste ! »

Ellen n'insista pas. Elle se souvenait d'une histoire vraie qu'elle avait lue, l'histoire des deux Américains qui avaient tenté de traverser le Labrador encore inexploré.

Partis en plein été, ils n'avaient pas tardé à se débarrasser de leurs manteaux, qu'ils jugeaient inutiles, trop lourds, trop encombrants. Mais ils s'étaient trompés de route, et l'hiver les avait surpris au cœur d'un pays désolé. Sans protection, l'un d'eux était mort de froid. L'autre s'en était tiré de justesse.

Les Pyrénées n'étaient pas le Grand Nord...

Mais sait-on jamais, ici comme ailleurs, de quoi sera faite l'heure suivante?

Vers trois heures du matin, Ellen reconnut que Zuri avait eu raison. Ils atteignaient juste le col, où soufflait un vent chargé d'une sorte de neige fondue qui s'infiltrait partout et glaçait jusqu'aux os. Zuri dirigea la petite troupe à l'abri d'un surplomb rocheux :

« On va s'arrêter un moment, pour reprendre des forces. »

Il fouilla dans son sac à dos, en sortit une provision de jambon cru que chacun dévora en silence.

Le versant de l'autre côté du col était strié de longues traînées d'une neige croûteuse qui, malgré l'absence de lune, luisaient dans la nuit.

« C'est plutôt chic! s'exclama Patrick. A présent, on descend. Avec cette neige, en plus, ça va glisser tout seul... »

Avec un bel ensemble, Zuri et Domeka secouèrent la tête : en montagne, il est souvent plus pénible de dévaler une pente que de la gravir. Les

pieds heurtent alors le bout des souliers. Les ongles deviennent douloureux. On attrape des ampoules à force de faire porter le poids du corps sur les talons.

Sans compter que la tension d'esprit est plus vive : on risque vite, si l'on ne se contrôle plus, de perdre l'équilibre et de rouler sans pouvoir s'arrêter. Parfois sur des centaines de mètres.

En effet, après une demi-heure de descente, les Carpenter avouaient préférer les efforts pénibles qu'ils avaient dû faire pour monter.

Ellen avait l'impression que ses pieds étaient devenus deux grosses masses informes de chair martyrisée. Elle aurait donné n'importe quoi pour s'arrêter quelques minutes! Le temps de délacer ses chaussures de randonnée et de vérifier si, à l'intérieur, il y avait encore quelque chose qui ressemblait à des pieds...

Zuri, au contraire, encourageait ses amis à forcer l'allure :

« Le vent est en train de tourner, ça ne me plaît pas. S'il vient à l'ouest, il va nous ramener les orages. Et sur le versant d'en face, on sera drôlement exposés!

– Le versant d'en face? s'écria Djû. Tu veux dire qu'on doit encore grimper là-bas? »

Zuri ne put s'empêcher de sourire :

« Oui, tout en haut. Et après, on redescendra. Et ensuite, il faudra de nouveau escalader.

– L'autre solution, dit Domeka, c'est de laisser tomber. Personne ne nous oblige à faire ça... »

Djû regarda la louve, ligotée dans sa cage. La situation n'était pas agréable pour elle non plus. Bien sûr, elle ne se fatiguait pas. Mais son désarroi devait être tel qu'il valait tous les épuisements du monde.

Le petit Cambodgien glissa une main à travers les branches entrelacées qui formaient les barreaux de la cage :

« Quelque part dans sa tête, je suis sûr que cette pauvre bête compte sur nous. Qu'elle a confiance, quoi!

– Et on n'a pas le droit de décevoir la confiance de quelqu'un, enchaîna Patrick. Même si ce quelqu'un est un loup.

– Alors, conclut Zuri, en avant! »

Il n'avait pas fait trois pas que le premier coup de tonnerre éclata.

⁂

A l'heure où le soleil se levait habituellement, le ciel resta obscur. Traversée de nuées épaisses, l'aube avait des allures de crépuscule.

Il pleuvait. D'énormes gouttes qu'un vent

démentiel couchait à l'horizontale obligeaient à baisser la tête pour ne pas être aveuglé.

Le seul avantage, c'est qu'ainsi on ne voyait pas les éclairs. Ceux-ci s'abattaient sur la montagne comme d'immenses arbres monstrueux, aux lignes torturées.

A un moment, sous l'impact de la foudre, un bloc rocheux détaché de la paroi, fendu en deux comme une simple bûche avait dévalé la pente, passant à quelques mètres dans un fracas d'express lancé à toute vitesse.

Le tonnerre, quant à lui, roulait sans discontinuer, se répercutant interminablement dans les vallées en contrebas. Etrangement, on s'habituait à ce vacarme incessant et nul ne sursautait quand le ciel semblait exploser.

Chacun ne pensait d'ailleurs plus qu'à une chose : arriver jusqu'à un cirque que connaissait Zuri, où s'ouvraient des sortes de cavernes où ils pourraient se mettre à l'abri.

Recroquevillée au fond de sa cage, la louve roulait des yeux fous et, parfois, laissait échapper un gémissement.

On approchait du cirque, lorsque l'accident se produisit.

Zuri, estimant que la cage glissait trop vite, la contourna et s'arc-bouta pour la retenir, ou du moins la freiner dans sa course. Mais les patins venait de s'engager sur une plaque de neige. Au lieu de s'arrêter, la cage-traîneau accéléra, entraînant le jeune berger.

Zuri essaya bien de se jeter de côté... Trop tard!

Il glissa, tomba à plat ventre, et l'un des patins de la cage, que les frottements continuels avaient effilé comme une lame, lui entra dans la cuisse.

Le garçon poussa un cri que les autres n'entendirent même pas tant les éclatements du tonnerre étaient intenses. Mais le choc avait fait dévier la cage de sa trajectoire. Elle se mit en travers de la pente, bascula, s'immobilisa.

Les garçons se précipitaient pour porter secours à la louve, lorsque Domeka s'aperçut que Zuri ne se relevait pas.

Elle courut à lui, se pencha :

« Zuri! Tu es blessé...

– Salement, oui! » eut la force de murmurer le jeune berger.

Et il s'évanouit.

IX

Les parois de la grotte ruisselaient d'humidité. Mais par comparaison avec les pentes de la montagne, exposées à un véritable déluge, cet abri sombre et froid prenait des allures de paradis.

Quand Zuri revint à lui, il était étendu sur une litière improvisée que ses compagnons avaient confectionnée en bourrant leurs chandails et leurs anoraks de poignées de mousse aussi sèche que possible.

Sous la nuque du jeune berger en guise d'oreiller, Ellen avait disposé sa veste de laine.

« Qu'est-ce qui m'est arrivé? » demanda Zuri d'une voix faible.

Instinctivement, il essaya de se tourner sur le côté. Mais ce mouvement lui arracha un cri.

« Ne t'agite pas, recommanda Patrick. Je crois que tu n'as rien de cassé. N'empêche que tu es drôlement amoché! »

Lors des dernières vacances de Pâques, le garçon avait suivi une session de secourisme. Aussi, dès qu'on avait atteint la grotte, s'était-il mis en devoir d'ausculter Zuri et de lui donner les premiers soins.

Le jeune berger avait perdu beaucoup de sang et sa blessure devait être douloureuse. Malgré le pansement rudimentaire que Patrick lui avait posé et qui avait enrayé l'hémorragie, il était sûr que Zuri était désormais incapable de marcher. Du moins en pleine montagne, et dans les effroyables conditions qui transformaient en enfer cette partie du massif pyrénéen.

La situation devenait grave...

D'une part, impossible d'abandonner Zuri. Mais d'une autre, on ne pouvait s'éterniser dans cette grotte où personne n'aurait jamais l'idée de venir.

« La seule solution, dit Domeka, c'est de se séparer. Ellen et Djû restent auprès de Zuri. Patrick et moi nous repartons vers la vallée. Je connais ces montagnes aussi bien que Zuri. Dans sept ou huit heures, les secours seront là. »

L'idée était tentante. Pourtant, Patrick hésitait. Il redoutait de laisser son frère et sa sœur dans cette grotte cernée par l'orage, en compagnie d'un blessé.

Malgré son courage, Djû n'était encore qu'un petit garçon. Quant à Ellen, elle luttait pour ne pas montrer à quel point elle était épuisée, mais il était clair qu'elle était arrivée au bout de ses forces.

« Et la louve? » murmura Zuri.

C'est vrai, il y avait la louve! Elle gisait, les pattes toujours entravées, au fond de la cage que les garçons étaient parvenus à redresser et à pousser jusqu'à la grotte. Les yeux fermés, elle haletait.

« Quand les sauveteurs viendront, reprit Zuri, ils commenceront par tuer cette bête! Vous ne croyez quand même pas qu'ils vont la mettre dans un hélicoptère pour la ramener dans la vallée, non?

– O.K., admit Patrick avec un peu d'impatience. Mais on ne peut pas régler tous les problèmes à la fois. Pour l'instant, Zuri, c'est toi le problème numéro un... »

Il se tourna vers Domeka :

« Ma décision est prise. Ton plan est le seul valable. Je suis prêt à partir. »

Sans ajouter un mot, il embrassa Ellen et Djû. Puis il s'accroupit près de Zuri, et lui souffla à l'oreille :

« Je te confie ces deux-là. Je sais que tu ne peux pas bouger, mais... »

Zuri saisit la main de Patrick, la serra :

« Sois tranquille! A mon tour de te demander quelque chose : veille sur Domeka, il lui arrive d'oublier qu'elle est une fille... »

***

Patrick, lui, n'oubliait pas que Domeka était une fille.

En dépit des cataractes de pluie qui lui détrempaient les cheveux, malgré les éclaboussures de boue qui souillaient son visage, la jeune fille était toujours aussi jolie. Davantage même, peut-être, parce qu'en plus de sa beauté il y avait en elle, à présent, quelque chose d'émouvant.

Mais cette marche forcée à travers la tourmente était une expédition de secours, pas une promenade de vacances. Et puis, Domeka était l'amie de Zuri. Pas question de profiter de ce moment où Zuri gisait, blessé, au fond d'une grotte perdue pour essayer de lui voler l'affection de Domeka...

D'ailleurs, celle-ci se comportait envers Patrick comme un guide professionnel envers un client : elle évitait les mots trop familiers, les regards complices, se retranchant derrière des paroles et des gestes strictement techniques.

« Evidemment, pensait Patrick, pour elle je ne suis qu'un garçon de la ville, un Parisien un peu plus écervelé que les autres, qui a entraîné tout le monde dans une aventure qui est en train de mal tourner! »

En fait, Patrick se trompait sur les sentiments de Domeka à son égard. Tout au contraire, la jeune fille admirait la lucidité, le sang-froid, le courage physique de l'aîné des Carpenter. Elle trouvait aussi que ses cheveux blonds et ses yeux clairs ne manquaient pas de charme.

Mais, à quoi bon se lier avec quelqu'un qui, bientôt, s'en irait pour probablement ne plus jamais revenir? Tandis que Zuri, lui, habiterait ces montagnes pour toujours. Et que, dans trois

ou quatre ans, il songerait sérieusement à se marier.

Alors, si Domeka se montrait tout juste polie envers son compagnon d'expédition, ce n'était pas par mépris, loin de là! mais pour se protéger contre une tentation dangereuse et sans issue.

Ils marchaient depuis trois heures, l'échine douloureuse à force de se plier en deux pour offrir moins de prise aux rafales de vent et de neige fondue, lorsque Domeka s'arrêta.

Reprenant haleine, elle désigna le ciel :

« Tu ne remarques rien, Patrick? »

Le garçon ne voyait rien de particulier. Sinon que les basses nuées avaient maintenant une couleur de cendres pâles.

« Le brouillard, annonça Domeka d'un ton découragé.

– Ça veut dire la fin de l'orage, non?

– Oui, mais c'est pire! »

La jeune fille s'assit sur un rocher et expliqua :

« D'abord, l'hélicoptère de secours ne décolle pas quand il y a du brouillard. Ensuite, si ça s'épaissit, je suis sûre de ne pas m'y retrouver. »

Patrick, sans un mot, s'approcha du rocher. Domeka se poussa légèrement pour lui faire de la place. Le garçon s'assit à son tour et son bras vint entourer les épaules de la jeune fille :

« Ne t'en fais pas, on va s'en sortir... »

Elle tourna vers lui un petit visage navré :

« Tu ne sais pas ce que c'est, quand on n'y voit pas à trois mètres! Et puis, je commence à avoir très froid. »

Patrick et elle avaient laissé leurs chandails à Zuri.

A voix basse, Domeka expliqua ce qu'elle ressentait parfois :

« Il y a des jours, commença-t-elle, des jours comme aujourd'hui, où je voudrais habiter une grande ville pleine de monde... Pleine de lumières... Avec des cabines téléphoniques partout où on peut entrer, mettre une pièce et appeler au secours.

– Je vis dans un endroit comme ça, dit Patrick. Eh bien, tu peux toujours crier, on ne t'entend pas! Ou plutôt, on fait semblant de ne pas t'entendre.

– Alors, où aller?

– Où qu'on aille, tu sais, c'est toujours un peu la bagarre. Mais c'est excitant, je trouve! »

Comme l'avait prévu Domeka, un brouillard uniformément gris et dense commençait d'envahir le massif. L'étroit sentier sur lequel ils avaient progressé disparut, comme effacé par une gomme monstrueuse.

Non sans un effort, Patrick se leva :

« Hep! dit-il en souriant. On n'est pas ici pour discuter de ces choses, d'accord? Tu crois qu'on n'arrivera pas jusqu'à la vallée? »

Le regard que lui lança Domeka était éloquent.

« Dans ce cas, reprit Patrick, il n'y a qu'une solution. Puisque le brouillard a tendance à descendre, nous, on va monter.

– Pour aller où? »

Sans cesser de sourire, il lui tendit la main :

« Vers le camp des géologues, où sont mes parents. C'est à moins d'une heure de marche.

– Et tu ne le disais pas...?

– Non! avoua Patrick. Dans le Clan du Chien bleu, on a une règle : on se débrouille par nos propres moyens.

– C'est stupide! »

Domeka n'avait plus du tout l'air d'une petite fille en train de se noyer. Elle paraissait furibonde.

Les poings sur les hanches, elle dévisagea Patrick sans indulgence :

« C'est de l'orgueil, ça, mon petit! Un sacré orgueil!

– Ça ne t'est jamais arrivé de faire une bêtise et de vouloir la réparer toute seule? »

Un instant, Domeka hésita. Elle se passa une main devant les yeux, comme pour effacer un mauvais rêve.

Elle sourit enfin, elle aussi. Son visage était redevenu clair et doux :

« Excuse-moi. Je crois que je te comprends. Et puis... »

Elle se tut. Il l'encouragea à continuer, un peu anxieux de ce qu'elle allait dire :

« Et puis quoi, Domeka?

– Vouloir sauver cette louve, ça n'était pas une

bêtise. Au contraire, c'était quelque chose de très chic.

– Merci, dit-il. Maintenant, pensons à Zuri. Suis-moi! »

Quand il s'enfonça dans le brouillard, elle s'élança derrière lui.

⁂

Dans la grotte, Zuri dormait. La souffrance, la fatigue, les émotions avaient eu raison de sa volonté de rester éveillé.

En regardant sa poitrine se soulever régulièrement, Ellen se disait qu'elle donnerait beaucoup pour en faire autant. Mais elle se sentait obligée de surveiller Djû qui, depuis un moment, donnait des signes d'agitation.

Il allait et venait à travers la grotte, marmonnant des mots sans suite, s'attardant longuement auprès de la louve qui semblait plongée dans une sorte de léthargie. Puis s'approchant de l'ouverture de l'abri et présentant sa main au-dehors, Djû tendit sa paume tournée vers le ciel, pour voir s'il pleuvait toujours.

« Est-ce que tu peux m'expliquer ce que tu as? demanda Ellen, exaspérée par le manège de son frère.

– Moi? Rien du tout, je t'assure! »

Ellen hocha la tête, peu convaincue :

« Tu penses à la louve, c'est ça?

– Oui », avoua Djû dans un souffle.

Il s'accroupit sur les talons, près de sa sœur :

« Il faut faire quelque chose pour cette bête, Ellen. Depuis le début, c'est pour ça qu'on se bat. Et maintenant, tout le monde renonce? »

D'un mouvement du menton, Ellen désigna Zuri endormi. Elle allait ajouter quelque chose lorsqu'un bruit de pas, à l'extérieur, la fit taire. Elle posa un doigt sur ses lèvres :

« Chut! Il y a quelqu'un, là...

– Les sauveteurs? chuchota Djû.

– Non. Ils appelleraient, ils feraient un maximum de bruit.

– Qui, alors?

– Je n'en sais rien, et... »

Elle n'eut pas le temps d'achever sa phrase. Une large silhouette se découpa soudain contre l'ouverture de la grotte. Djû et sa sœur se levèrent d'un bond : ils venaient de reconnaître Hernandez.

Le braconnier, lui aussi, les reconnut. Son visage se figea :

« Encore vous?

– Qu'est-ce que vous venez faire ici? interrogea sèchement Ellen.

– La même chose que vous, je suppose : m'abriter. »

Sans attendre qu'on l'y invite, il pénétra dans la grotte. A la chaleur du feu de broussailles que les enfants avaient allumé, les vêtements d'Hernandez, gorgés d'eau de pluie et de neige fondue, se mirent à dégager une fine vapeur qui, environnant l'homme, le faisait ressembler plus ou moins à un fantôme.

A un fantôme armé d'un fusil.

Du regard, Hernandez parcourut la grotte comme s'il cherchait quelque chose ou quelqu'un. Son examen terminé, un sourire de soulagement éclara son visage bleui par une barbe d'au moins trois jours.

« A ce que je vois, dit-il, votre sale chien n'est pas là ?

– Bethsabée est dehors, mentit Djû. Je la siffle et elle arrive. Alors, je vous conseille de rester tranquille. »

De nouveau, le braconnier scruta les profondeurs de la grotte :

« Vous n'avez rien à manger ?

– S'il y avait quelque chose, fit Ellen en montrant Zuri, ça serait pour lui. »

Hernandez parut seulement s'apercevoir de la présence du berger. Il poussa une espèce de grognement, s'approcha de la litière improvisée, se baissa et souleva l'amas de chandails qui recouvrait le corps de Zuri.

Un long moment, en silence, il palpa la jambe blessée. Puis il se releva :

« Qu'est-ce qui lui est arrivé ? »

Brièvement, Ellen raconta. Hernandez fouilla dans ses poches à la recherche d'un de ses puants cigares, l'alluma.

« Des éclats de bois sont restés dans la plaie, dit-il. Il faut transporter ce petit à l'hôpital.

– Mon frère est allé chercher du secours.

– Six heures pour descendre, autant pour revenir, c'est trop. La blessure a largement le temps de s'infecter. »

Ellen regarda Hernandez avec surprise. Pourquoi cet homme vulgaire et cruel s'intéressait-il brusquement à un enfant blessé? Après ce qui s'était passé entre le Clan du Chien bleu et lui, Hernandez aurait dû se montrer plutôt satisfait devant l'accident qui touchait ses « ennemis ». Au lieu de se réjouir, il était visiblement inquiet pour Zuri.

Il parut deviner l'étonnement d'Ellen, s'adossa contre la paroi rocheuse et esquissa quelque chose qui ressemblait à une sourire :

« Vous me prenez pour une sale brute, pas vrai?

– Vous en êtes une! rétorqua Ellen sans hésiter.

– La louve aussi est une brute, répliqua Hernandez. Pourtant, vous l'aimez, hein? Même que c'est pour la sauver que le gosse a été amoché comme ça.

– La louve n'est qu'un animal, fit Djû. C'est toute la différence avec vous. »

Le petit Cambodgien se dandina d'un pied sur l'autre et ajouta, d'un ton ferme :

« Ça serait aussi bien que vous sortiez, je crois. Je n'ai pas envie de discuter avec vous. Et ma sœur non plus. »

Le braconnier parut ne pas entendre. Sans cesser de sourire, il continua :

« Vous êtes tous les mêmes, les enfants : vous partagez le monde en deux, d'un côté les « gentils », de l'autre les « mauvais ». Moi, vous m'avez catalogué « mauvais »... Les choses ne sont pas aussi simples que ça... Vous vous passionnez pour les plantes, les bêtes, pour ce que vous appelez la Nature. Je vais vous donner une leçon, et vous apprendre quelque chose. Pas sur les plantes, pas sur les bêtes. Mais sur les hommes. Et ça, c'est ce qu'il y a de plus important. »

Ellen et Djû dévisageaient Hernandez avec stupéfaction.

Ainsi, cet individu qu'ils avaient pris pour une simple machine à cogner et à injurier était aussi capable de s'exprimer?

« Zuri est bien connu dans la région, dit encore Hernandez. Tout le monde pense que c'est un brave petit gars. Peut-être que vous ne me croyez pas, mais ça m'empêcherait de dormir si on devait lui couper la jambe. Alors je vais faire quelque chose pour éviter ça... »

Il se pencha, glissa ses deux énormes bras sous le corps du jeune berger et le souleva. Zuri, assommé de fatigue et de souffrance, ne se réveilla même pas.

« Débarrasse-moi de mon fusil », fit le braconnier en regardant vers Ellen.

Celle-ci obéit sans discuter. Elle déboucla la bretelle de l'arme, et la posa délicatement sur la litière.

Hernandez, serrant Zuri contre sa poitrine, se dirigea vers l'ouverture de la grotte. Sur le seuil, il s'arrêta, se tourna vers les Carpenter :

« Je connais des raccourcis. Dans moins de quatre heures je serai dans la vallée. Je déposerai

Zuri à la gendarmerie. Dites, est-ce que vous avez parlé de mes amis et de moi aux gendarmes? Est-ce que vous nous avez dénoncés?

– On n'a pas eu le temps... murmura Ellen.

– Tant mieux », dit simplement Hernandez.

Il franchit le seuil de la grotte. Il allait disparaître dans le brouillard, lorsque Djû lui courut après :

« Hernandez!

– Qu'est-ce que tu veux, petit singe? »

Djû fit comme s'il n'avait pas entendu les derniers mots, ou bien il décida de considérer *petit singe* comme un terme affectueux. Toujours est-il qu'il ne s'en formalisa pas, et demanda :

« Vous êtes tombé sur nous par hasard, ou quoi? »

Faisant passer son cigare d'un coin à l'autre de sa bouche, le braconnier se mit à rire :

« Sois pas naïf, petit singe! Je vous suis depuis ce matin. Tu ne te rappelles pas que j'avais juré de tuer la louve?

– Et... ça ne tient plus?

– Disons que j'ai maintenant quelque chose de plus important à faire. »

Tournant le dos à Djû, Hernandez entra dans le brouillard opaque. Pendant un moment, on n'entendit que le bruit des cailloux qui roulaient sous ses pas.

Puis le silence revint, absolu.

Lentement, Djû réintégra la grotte. Tout s'était passé si vite qu'il se sentait comme étourdi.

Assise sur la litière vide, Ellen caressait la crosse du fusil abandonné par Hernandez.

« Tu crois que ce truc-là l'aurait vraiment gêné pour marcher? interrogea la fillette.

– Non, dit Djû.

– Alors pourquoi l'a-t-il laissé là?

– Si c'était sa façon à lui de nous faire comprendre qu'il a changé?...

– Tu veux dire qu'il est devenu un autre homme, comme ça, en quelques secondes?

– Oh, je crois qu'il devait se poser des questions depuis un bout de temps... Mais il y avait les autres, ses copains. A présent qu'ils ne sont plus là pour se moquer de lui, il se sent libre. Quand on est libre, on aime les bêtes sauvages.

– C'est peut-être nous, dit Ellen, qui l'avions mal jugé, qui n'avions pas compris. Dans la vie, on n'est jamais tout à fait bon ni tout à fait mauvais... Ni d'ailleurs tout à fait beau ou tout à fait moche. »

Djû se pencha un peu, plissa les yeux, examina sa sœur avec attention et déclara, impitoyable :

« Ma pauvre vieille, si tu te voyais... tu as tout à fait l'air d'une femme préhistorique! »

Ellen rougit jusqu'à la racine des cheveux :

« Dans ce cas, mon petit, fais comme en ce temps-là et va me chercher un bifteck de mammouth. Parce que je commence à avoir plutôt faim, moi! »

Djû allait répliquer, quand un grondement effroyable l'en empêcha.

Ce n'était pas un troupeau de mammouths en

train de charger. Mais plusieurs tonnes de roche qui s'étaient détachées de la montagne, descellées par les pluies diluviennes.

Un des énormes blocs vint s'écraser juste devant l'entrée de la grotte, enfermant les deux enfants et la louve comme dans un tombeau.

X

Le sifflement lancinant du vent réveilla enfin Zuri. Sa blessure, comme anesthésiée par la vivacité du froid, le faisait moins souffrir.

Levant les yeux, il reconnut Hernandez. Celui-ci sourit au garçon qu'il portait dans ses bras :

« T'en fais pas, petit, maintenant ça va aller... »

Zuri se débattit légèrement, autant que le lui permettait la douleur dans sa cuisse, qu'il ravivait à chaque mouvement.

« Lâchez-moi, protesta-t-il. Je sais qui vous êtes, ce que vous avez fait. Je vous déteste ! »

Une ombre passa dans le regard du braconnier :

« Toi aussi ? Remarque, je n'ai que ce que je mérite, hein ? Mais que ça te plaise ou non, je vais te descendre jusque dans la vallée.

– Pourquoi feriez-vous ça ?

– Je n'en sais fichtre rien ! » dit Hernandez.

Il s'arrêta, dénoua l'écharpe de laine rouge qu'il avait autour du cou et s'en servit pour essuyer le front de Zuri, tout trempé d'un mélange de sueur et de pluie.

« Jusqu'à présent, reprit l'homme, ça m'était égal qu'on ne m'aime pas. D'une certaine façon, ça me plaisait plutôt. Ça me flattait – je ne sais pas si tu comprends? Mais ceux qui me détestaient n'étaient pas des enfants. »

Il cracha par terre, et une sorte de grand rire triste le secoua :

« Mais n'allez pas croire, toi et tes copains, que je sois devenu un saint! Surtout pas, petit! J'ai l'intention de continuer à tuer des isards, autant que j'en verrai. Je fais une chose que je dois faire, et ensuite... »

Il ne termina pas sa phrase : il venait d'entendre le terrible fracas de la montagne qui s'était ouverte, à quelque trois cents mètres derrière lui.

Longuement, l'écho répercuta le vacarme des rocs dévalant les pentes, percutant d'autres rocs et explosant littéralement.

Puis le silence reprit possession de la montagne.

« Qu'est-ce que c'était? demanda Zuri d'une voix blanche.

– Avalanche sèche, répondit brièvement Hernandez. Pourvu que...

– Pourvu que quoi?

– Tes petits amis, dit l'homme. Ils sont restés dans la grotte.

– Protégés...

– Et si ces saletés de cailloux s'étaient écrasés juste devant? fit Hernandez. Ça venait de cette direction... »

Il étendit le bras, montrant quelque chose d'invisible à travers le brouillard.

« Il faut aller voir, dit Zuri, subitement inquiet.

– Suffit! gronda le braconnier. Est-ce que tu crois qu'un gamin dans ton genre va me donner des leçons? »

Avec une délicatesse plutôt étonnante chez un homme aussi rude, Hernandez déposa Zuri dans un creux entre deux rochers. Il ôta sa veste et l'étendit sur le garçon pour le protéger du froid et de l'humidité pénétrante.

Mais auparavant, fouillant dans une de ses poches, il en avait retiré deux étroits cylindres de couleur rougeâtre.

« Qu'est-ce que c'est? demanda Zuri.

– Dynamite. Ça ne se voit pas? Je m'en sers pour la pêche, des fois. »

Zuri connaissait le principe : l'onde de choc provoquée par l'explosif tuait net des dizaines et des dizaines de poissons, qui remontaient alors à la surface le ventre en l'air. Il n'y avait plus qu'à tendre une épuisette pour les ramasser.

« C'est interdit, murmura le jeune berger.

– Et après? fit Hernandez. Au lieu de me faire la morale, tu devrais remercier Dieu. Grâce à ça, je vais peut-être pouvoir sauver tes copains. »

Le braconnier haussa encore les épaules, pour la forme, et se mit à courir vers la grotte.

⁂

Dès que la nuit s'était faite dans la caverne, la louve avait poussé un interminable cri d'agonie. Un hurlement si lugubre, si plein de désespoir, qu'Ellen n'avait pu s'empêcher de crier à son tour.

Tâtonnant dans l'obscurité comme un aveugle, Djû chercha sa sœur. Quand il l'eut trouvée, tremblante et blottie dans une anfractuosité de la paroi, il la serra contre lui :

« N'aie pas peur, ma vieille, ce n'est rien. Juste un éboulement. »

Nerveusement la fillette repoussa le petit Cambodgien :

« Tu n'as pas compris, Djû? On est pris au piège! On ne pourra pas sortir d'ici... »

Le souffle d'air provoqué par l'avalanche des rochers avait éteint les dernières flammes timides qui dansaient au-dessus du feu de broussailles.

« Je vais essayer de nous ouvrir un passage, décida Djû.

– Et si tu n'y arrives pas?

– Alors, on attendra tranquillement les secours. Ce sera un mauvais moment à passer, voilà tout.

– Les secours? Ils viennent avec une civière pour Zuri, pas avec des bulldozers pour nous dégager! Et d'ailleurs, aucun bulldozer ne pourrait arriver jusqu'ici. »

Djû n'insista pas. Il valait mieux laisser Ellen s'habituer à la situation. Ensuite, comme toujours, parce qu'elle était une fille courageuse qui ne renonçait jamais, elle aiderait son frère à déblayer l'obstacle qui murait la grotte.

Djû s'approcha des blocs qui obstruaient l'entrée. De l'épaule, il essaya de les repousser. Ou du moins de les ébranler. Mais rien ne se passa : les rocs étaient enchevêtrés les uns dans les autres, formant une masse compacte qui devait peser plusieurs tonnes.

Le noir absolu régnait à présent dans la grotte. Djû ne savait pas où était Ellen. De toute façon, il ne voulait pas lui donner l'impression que leur position était véritablement critique.

S'emparant d'un éclat de roche, il se mit à cogner de toutes ses forces contre la barrière des blocs :

« Ça remue, Ellen! Je sens passer un filet d'air... »

Ce n'était pas vrai, et Djû savait qu'il s'acharnait en vain. Mais ainsi, il évitait à sa sœur de céder au désespoir. Pour l'instant, il n'y avait rien d'autre à faire.

Bien sûr, ce n'était pas la première fois que le Clan du Chien bleu se trouvait dans une passe difficile. Mais il n'avait encore jamais affronté un piège aussi hermétique que celui-là.

Un piège qui était aussi un supplice moral. Car à l'air libre, même quand les éléments se déchaînent, même quand le froid vous paralyse, même quand la chaleur torride vous étouffe, il y a toujours le réconfort de savoir qu'on peut mettre un pied devant l'autre, marcher, s'éloigner, fuir.

Ici, en faisant dix ou douze pas on se cognait à une muraille ruisselante d'humidité, gluante – et qui devait avoir des dizaines de mètres d'épaisseur.

De plus il y avait, invisible dans l'obscurité, cette louve qui hurlait sa peur...

⁂

Tout d'abord, Hernandez ne reconnut pas le paysage autour de la grotte, au point qu'il se demanda s'il ne s'était pas égaré : à travers le brouillard se devinait un décor lunaire, un formidable chaos de rochers de toutes dimensions, figés dans un silence angoissant.

Profitant d'une déchirure de la brume, Hernandez entrevit la forme élancée d'un pic. Il l'identifia et situa l'ouverture de la grotte par rapport à ce point de repère inespéré.

Trébuchant parmi la pierraille, escaladant parfois un énorme bloc instable, le braconnier atteignit une coulée de rocs.

Il cria :

« Ellen !... Djû !... »

Personne ne lui répondit.

« Ils sont pourtant là-derrière ! » gronda l'homme en essayant de déplacer les éléments les plus petits de l'éboulis.

Mais comme Djû de l'autre côté de l'obstacle, il comprit tout de suite que c'était un effort inutile.

La seule solution consistait à placer ses cartouches de dynamite, à les allumer et... à espérer!

Car l'opération n'était pas sans risques : selon la façon dont l'onde de choc allait se propager, l'explosion pouvait blesser les prisonniers de la grotte. Sauf s'ils se protégeaient du souffle et des éventuelles projections de pierres. Mais le « bouchon » qui les emmurait était si dense, si épais que le braconnier ne pouvait même pas les prévenir de ce qu'il allait tenter pour les délivrer.

« A la grâce de Dieu!... » murmura Hernandez.

Il plongea le bras aussi profondément qu'il put dans une sorte de trou entre deux rocs écroulés, y enfouit ses bâtons de dynamite et mit le feu aux mèches. Dès qu'il entendit le grésillement des cordons d'allumage, il s'écarta vivement et s'aplatit derrière un rocher.

Par rapport au tonnerre qu'avait provoqué l'avalanche, le bruit de l'explosion fut relativement faible. Mais les résultats, eux, furent spectaculaires! En une fraction de seconde, le brouillard fut traversé de pierres volantes. Une monstrueuse colonne de poussière se mêla aux écharpes de brume.

Recroquevillé derrière son rocher, les mains au-dessus de la tête pour se prémunir contre l'averse d'éclats, Hernandez ne regarda pas tout de suite.

Il attendit quelques longues secondes, puis se redressa.

L'explosion avait ouvert une sorte de tranchée à travers l'éboulis. Au bout de la tranchée, il y avait un trou noir : l'ouverture de la grotte.

Se détachant contre le trou noir, deux petites silhouettes s'appuyaient l'une sur l'autre...

XI

A une cinquantaine de mètres sous le ventre de l'hélicoptère, les herbes dansaient follement, se couchaient, se redressaient pour se coucher à nouveau, ouvrant à travers la prairie comme la raie d'une chevelure géante.

Puis l'appareil descendit, et ses patins touchèrent le sol.

Sans attendre que les pales du rotor soient arrêtées, Hernandez sauta par terre.

Il s'écarta de l'hélicoptère, regardant autour de lui avec une sorte d'intensité.

Descendant à son tour de l'*Alouette*, un gendarme le rejoignit :

« Tu rêves à tout le gibier que tu pourrais tirer ici, Hernandez? Quel beau massacre en perspective, pas vrai? Mais crois-moi, la réserve est bien surveillée!

– C'est beau, ici, répondit simplement le braconnier.

– Nos montagnes sont belles partout », dit le gendarme.

Lui aussi observait la lisière de la forêt proche, derrière laquelle on devinait, à d'infimes frémissements, la présence d'animaux effrayés par l'apparition de l'hélicoptère dont la turbine continuait d'émettre un sifflement assourdissant.

« Si Emilio et les autres me voyaient! dit Hernandez en riant icement. Ils avaient juré de venir par ici avec s mitraillettes. Et c'est moi qui suis là, avec des gendarmes...

– Ça, pour un mystère, c'est un mystère! Le brigadier a proposé d'emmener un des gosses, et ils ont refusé. Ils ont voulu que tu viennes, toi.

– Oui, moi, fit le braconnier comme en écho.

– Tu comprends pourquoi? »

Hernandez se tourna vers le gendarme :

« Je m'en fiche bien, de comprendre! Je suis heureux de me trouver là, c'est tout. Allez, ne perdons pas de temps... »

Il retourna vers l'hélicoptère, s'approcha de la bulle en plexiglas dans laquelle, d'habitude, on allongeait les blessés que l'appareil évacuait vers les hôpitaux de la vallée.

Dans la bulle gisait une forme longue, mince, grise.

La louve.

Le gendarme avait rejoint Hernandez. Il fit jouer le système d'ouverture de la bulle, recula de quelques pas.

La louve hésita un instant.

Puis, d'un bond, elle s'échappa de sa prison de plexiglas.

Courant droit devant elle, le museau au ras des herbes comme si elle flairait une piste, elle se rua vers la limite de la forêt.

Les grands arbres semblèrent s'écarter pour lui livrer passage et se refermèrent derrière elle.

« Et voilà! dit le gendarme. Mission accomplie... Est-ce qu'on rentre, Hernandez, ou tu prends racine? »

L'homme ne répondit pas. Pensivement, il tournait et retournait entre ses gros doigts une boîte noire que le Clan du Chien bleu lui avait recommandé de faire fonctionner au moment où la louve serait lâchée dans la réserve.

Un appareil 24x36, que Patrick avait réglé d'avance, de façon qu'Hernandez n'ait qu'à appuyer sur le bouton.

Mais le braconnier, fasciné par la course de la louve se précipitant vers la liberté, avait complètement oublié de prendre la photo.

« Décidément, gronda-t-il, je ne ferai jamais rien de bon dans la vie!

– Tu crois, Hernandez? fit le gendarme avec une pointe de malice. Nous autres, à la brigade, on trouve au contraire que tu commences à être un de ces gars avec qui... eh bien! avec qui on a envie de jouer aux cartes! »

De la part du gendarme Estany, champion de belote des Pyrénées, ça ressemblait terriblement à un compliment...

« C'est ça qu'on appelle une chambre d'hôpital ? » fit Djû, ahuri.

La chambre 406 disparaissait sous des monceaux de fleurs.

Fleurs de montagne uniquement, somptueuses ou humbles, qui dégageaient une enivrante odeur de soleil, de vent, de plein air.

Les relents de médicaments, du coup, s'en-

fuyaient honteusement, se faufilaient par la porte ouverte.

« Dès qu'elles commenceront à se faner, dit Domeka assise au bout du lit de Zuri, j'irai lui en cueillir d'autres... »

Avec ses six roses maigrichonnes, achetées chez un fleuriste qui vendait aussi des cartes postales, des baromètres en forme d'isards et des bonbons à

la sève de pins, Ellen se sentait un peu ridicule.
Mais Zuri trouva les roses superbes :
« Parce que c'est toi qui me les donnes », ajouta-t-il avec un grand sourire.
Puis il demanda :
« Et Bethsabée? Elle n'est pas venue me dire au revoir? »
Djû prit un air gêné :
« Ecoute, Zuri, on te doit la vérité : avec Bethsabée, on a un problème...
– Un gros problème, appuya Patrick.
– Grave? interrogea Zuri, inquiet.
– Assez grave, murmura Ellen.
– Mais quoi? Quel genre de problème? Elle est malade?
– Pire que ça! lâcha Djû.
– Elle n'est pas...?
– Morte? Oh! non... Non, on te dit que c'est pire...
– Qu'est-ce qui peut être pire?
– Bethsabée et ton chien, mon pauvre Zuri... commença Djû.
– Ils sont inséparables, expliqua Patrick. Depuis qu'ils ont gardé les moutons ensemble, ils hurlent dès qu'on essaye de les séparer. Et pourtant, il faut qu'on rentre à Paris! Et on ne peut ni laisser Bethsabée, ni emmener Sendoa. »
Zuri et Domeka se regardèrent en éclatant de rire.
Décidément, le Clan du Chien bleu ne pouvait pas vivre une heure sans avoir à résoudre un nouveau problème!

« Il faudra que Bethsabée et Sendoa se fassent une raison, dit Zuri. Et puis, une séparation s'impose : comme ça, on verra si leur sentiment est sérieux! Et s'il l'est, on les mariera quand vous reviendrez dans la région...

– Je m'occuperai des fleurs de la mariée, dit Domeka.

– Et moi, dit Ellen, de sa robe.

– Moi, fit une grosse voix, je ferai les photos... »

Hernandez venait d'entrer dans la chambre.

« Et s'il faut un peu de gibier pour le festin des noces, je reprendrai mon ancien métier de braconnier...

– *Ancien* métier? s'étonna Ellen.

– Oui. Tel que vous me voyez, je viens de poser ma candidature à un poste de surveillant de la réserve. Enfin, quelque chose dans ce genre-là, je n'ai pas très bien compris le titre que j'aurai. Si je réussis l'examen...

– Vous le réussirez, prédit Zuri en souriant.

– J'espère, grommela Hernandez. Parce que, vous comprenez, si je travaille dans la réserve, je pourrai vous donner des nouvelles de Zoé.

– Qui est Zoé? demandèrent ensemble Ellen et Domeka.

– La louve! dit Hernandez. *Votre* louve.

– Pourquoi l'appelez-vous Zoé?

– Comme ça, dit Hernandez, comme ça... »

Il cligna des yeux, passa une main sur ses joues mal rasées, reprit :

« En réalité, j'ai choisi Zoé parce que le prénom que j'aime le plus... »

Il s'arrêta, hésitant.

« C'est quoi, l'encouragea Djû, le prénom que vous aimez le plus?

– Le sien », répondit Hernandez en désignant Ellen.

Il ajouta :

« Mais je connais Ellen, elle aurait détesté qu'un loup s'appelle comme elle!

– Pas du tout! protesta l'intéressée. Maintenant, les loups ne me font plus peur. Tenez, si la porte s'ouvrait et qu'un loup entre dans la chambre, je le caresserais.

– Vraiment? fit Hernandez en souriant. Et si *plusieurs* loups entraient? »

Il n'attendit pas la réponse d'Ellen, décrocha le téléphone et appela la réception :

« Voulez-vous faire monter « le colis » dont je vous ai parlé?

– Qu'est-ce que c'est? demanda Zuri. Des chocolats?

– Des bouquins? Toute une bibliothèque?

– Un pyjama neuf?

– Une télé?

– Un aquarium avec des poissons chinois? »

Hernandez prit un air mystérieux :

« Si Ellen veut bien ouvrir la porte... »

Intriguée, Ellen posa sa main sur la poignée, l'abaissa et tira brusquement la porte à elle.

De l'autre côté, sur le palier, trois petites boules de poil cabriolaient sur le dallage,

tenues en laisse par une infirmière complice.
« Lâchez tout! » ordonna Hernandez.

L'infirmière libéra les boules de poil.

Celles-ci foncèrent dans la chambre comme trois tornades.

La première s'aplatit aux pieds d'Hernandez et se mit à lui grignoter le bout des chaussures.

La deuxième escalada le lit de Zuri.

La troisième, d'un bond, se retrouva dans les bras d'Ellen.

« Oh! Les mignons petits chiens! s'extasia-t-elle. Le mien me lèche le nez, regardez... Ce qu'ils sont amours!

– Et l'amour est décidément aveugle », fit Hernandez en riant aux éclats.

Car les trois « mignons petits chiens » n'étaient autres que les louveteaux arrachés à leur mère par les braconniers. Grâce aux informations d'Hernandez, les gendarmes avaient pu intercepter à temps le camion qui emmenait les animaux en captivité.

Comprenant enfin qu'elle serrait un loup dans ses bras, Ellen reposa vivement la bête par terre :

« J'adorerais lui faire un gros câlin, dit-elle, mais j'ai peur...

– Elle avoue qu'elle a peur du loup! » se moqua Djû.

Ellen lui lança un regard apitoyé :

« Si tu me laissais finir? Je voulais dire : j'ai peur que Zoé soit jalouse...

– Ben voyon! » s'écrièrent en choeur Zuri, Domeka, Patrick, Djû et Hernandez.

IMPRIMÉ EN FRANCE PAR BRODARD ET TAUPIN
7, bd Romain-Rolland - 92541 Montrouge - Usine de La Flèche, 72200
Loi n° 49-956 du 16 juillet 1949 sur les publications destinées à la jeunesse.
Dépôt : août 1983.